KB010699

별이 빛나는 밤 / 문학의 밤

성환 소설집

별이 빛나는 밤 / 문학의 밤

생각나눔

목
차

별이 빛나는 밤

문학의 밤

별이 빛나는 밤

기억의 세계

스물여섯 가을. 나는 슈트를 입은 채로 보험회사의 사무실 안으로 들어갔다. 마치 촬영 현장에 도착한 신인 배우처럼.

그리고 알게 되었다. 사무실 안에는 드라마 안에서 존재하던 배우들이 없다는 것을. 그날, 내가 보았던 것은 사무실 창가 밖으로 펼쳐진 서울역의 빌딩과 도로. 그리고 업무를 보고 있던 젊은 직원들의 모습이었다. 그리고 이제 보험회사 영업사원이 되었던 어느 가을날의 이야기를 하려고 한다.

기억 속에서 흘러갔던.

마지막 학기였다. 나는 천안에 있는 학교에 다녔고, 공무원 시험 준비를 하고 있었다. 그리고 어느 날, 동기가 무심코 말했다.

"이력서 한 번 넣어 봐. 혹시 알아? 잘 될지?"

그러나 꼭 그 이유만은 아니었다. 한편으로 궁금하기도 했다. 이력서를 넣으면 어느 곳까지 통과할 수 있을지. 하지만 딱 한 가지 이유로 콕 집어 말할 수는 없었다.

어쨌거나 그날, 나는 취업 채용 사이트에 접속해 이력서를 작성했다. 그리고 이력서 작성을 마치고 완료 버튼을 누르니, 화면에 알림창 하나가 떴다.

"이력서를 공개하실 겁니까?"

나는 '예(Yes)' 버튼을 눌렀다. 모종의 기대감도 있었다. 혹시 채용 담당자가 나의 이력서를 열람하고 면접 제안 전화를 할지도 모른다는. 그런데 정말 텔레파시가 통한 것처럼 핸드폰 벨 소리가 울리기 시작했다. 번호를 보니 낯선 번호였다.

그리고 그날 밤, 나는 '블라인드 면접' 제안 전화를 받게 되었다.

"실례지만 구직 중이신가요?"

"예."

"안습남 씨는 대박생명 블라인드 면접 대상자로 선정되셨습니다."

"블라인드 면접이 뭔가요?"

블라인드 면접이란 학력, 전공, 학점에 상관없이 대박생명에 부합하는 인재를 채용하는 면접이라고 했다. 하지만 그날, 내가 면접을 볼 회사가 대박생명이라는 보험회사이고, 소위 보험설계사라 하는 보험 영업 일이라는 것은 중요한 문제가 아니었다.

대박 생명은 대박 그룹 계열사 중 하나였다. 그러니까 대형 보험회사인데, 나는 이런 큰 회사에서 면접 제안 전화를 받았다는 것에 크게 들떠 있었던 것 같다.

"그래서 면접에 참석하실 의향이 있으신가요?"

"예. 참석하겠습니다."

그렇게 나는 면접 관련 안내 문자를 받게 되었다.

대박생명 블라인드 면접

- 대박빌딩 17층 (10-3번 출구)
- 화요일 오후 2시
- 복장은 정장 착용

하지만 순간적인 고민은 있었다.

'그냥 공무원 시험 준비나 하지, 면접을 보러 갈 필요가 있을까?'

하지만 큰 회사에서 주관하는 면접인데 한 번쯤 참석하는 것도 괜찮지 않을까, 이런 생각을 갖고 있었다. 그래서 엄마한테 곧장 전화를 했다.

엄마는 동네에 있는 희망 아웃렛에서 근무한다. 신사복 매장에서.

"엄마, 나 내일 면접 봐야 돼."

"그래? 매장 곧 문 닫는데. 그럼 빨리 와!"

물론 내가 대박생명에서 면접을 본다는 사실을 알게 된 엄마는 걱정했다.

"거기 보험회사 아니니? 시험은 어떡하려고?"

그러나 그때만 하더라도 곧장 취업을 한다기보다는 그저 면접이나 한번 보려는 생각을 갖고 있었다. 보험회사라든가 보험 상품이라든가 이런 것들에 대해서는 잘 모르고 있었다.

"어차피 면접에 붙는다는 보장도 없어. 대기업 면접이니까 보러 가는 거지."

하지만 설렜던 것 같다. 대기업에서 주관하는 면접을 본다는 사실에. 그래서 그날 밤, 동기한테 조금 자랑을 하는 메시지를 보내기도 했다.

"내일 면접 보러 간다."

"오, 어디?"

"대박생명."

"어? 진짜? 엄청 대기업이잖아."

"그렇게 됐다."

그리고 그날, 어머니 옆에 계신 동료 아주머니가

골라준 정장을 입고 전신거울 앞에 섰다. 마치 꼭 변신을 한 기분이 들었다. 평소 추리닝만 입고 다니던 내 모습이 달라 보였다.

하지만 면접을 보러 간다는 사실에 들떠 있었을 뿐, 합격은 바라지도 않았다. 아마도 대기업에서 주관하는 면접에 참석해 보고 싶다는 생각 정도였던 것 같다.

그리고 다음 날 화요일 오후. 면접을 보러 가던 풍경이 떠오른다. 그날 나는 학교를 빠졌다. 면접을 보러 간다는 명목으로.

하지만 막상 면접을 보려고 슈트를 입기 시작할 즈음 다시 갈등이 일기 시작했다.

'그냥 도서관이나 가서 책을 보는 게 낫지 않을까?'

이렇게 꾸물거리다 보니 시계는 어느새 오후 12시 50분을 가리키고 있었다.

'어? 진짜 지각하겠네.'

결국 나는 허겁지겁 서둘러 양복을 입었다. 그리

고 독산역에서 상행선 열차를 타고 서울역으로 출발했다.

하지만 평소 1호선 열차를 타고 서울역을 지나간 적이야 몇 번 있을 테지만, 서울역에서 내린 것은 그날 처음 있는 일이었다.

역사가 워낙 넓다 보니, 그날, 나는 출구를 찾지 못해 이리저리 헤맸다. 시간은 촉박했고, 설상가상으로 구두끈까지 풀리고, 셔츠는 땀으로 흥건했고, 이마에서는 땀방울이 흘러내렸다.

'아이고, 지각하겠구나….'

그러던 찰나에 어젯밤 통화했던 채용 담당자한테 연락이 왔다.

"습남 씨 오시는 중인가요?"

"예! 그런데 서울역이 너무 넓어서 출구를 못 찾겠어요!"

"거기 편의점 보이세요?"

"예!"

"거기서 유턴! 직진! 우회전! 다시 계단 올라가

시고!"

마치 내비게이션의 안내를 받는 듯했고, 그렇게 출구를 나왔을 때 도로에 늘어서 있던 빌딩들의 모습이 내게 인상적인 느낌으로 다가왔다.

그리고 마치 영화에서 카메라의 이동에 따라 화면이 바뀌듯이, 나의 시야에서 서울역 출구 그리고 대박빌딩 1층 로비. 엘리베이터를 타고 올라간 17층. 그리고 복도 좌측에 있는 사무실 출입문으로 들어가기까지. 모든 것이 부드럽게 흘러갔고, 결국 나는 사무실 안으로 들어가게 되었다. 그리고 사무실은 꼭 드라마 세트장 같았다.

'와, 근사하다. 드라마에서나 보던 사무실이구나.'

"안습남 씨?"

"예."

"이리로 오시죠."

그렇게 나는 2팀장의 안내를 받아 회의실 안으로 들어갔다. 그리고 팀장 Q가 면접을 주관했다. 어젯밤 통화했던 채용 담당자.

미모의 여직원인 팀장 Q는 면접을 주관하면서 대박생명의 연혁, 재무설계사로서의 비전, 그리고 평균 연봉이라든가 이런 것들에 관해 이야기를 했다.

하지만 그런 것들에 관해서는 별 관심이 없었다. 내가 마음에 들었던 것은 그저 드라마처럼 근사했던 사무실의 풍경이었다. 그리고 집으로 가는 길에도 사무실의 풍경이 아른거렸다.

하지만 면접을 한 번 봤다는 데 의의를 두었을 뿐 합격까지는 바라지 않았다. 그런데 집에 도착하자마자 얼마 안 되어 핸드폰 벨 소리가 울렸다. 팀장 Q의 번호였다.

"축하합니다, 안습남 씨. 1차 면접을 통과하셨습니다."

면접을 볼 때 나는 별다른 말도 하지 않고 가만히 앉아 있었는데 얼떨결에 그렇게 합격을 하게 되었다.

'내가 인상이 좋았나? 내가 뭔가 있어 보였나?'

별별 생각이 다 들었다. 그리고 이틀 후에 2차

면접을 보러 가게 되었다. 지점장이 주관했다. 40대 초반이었고, 차분한 인상이었다.

"살면서 위기를 극복하신 경험이 있으신가요?"

2차 면접은 흔히 인성 면접이었다. 누군가와 협력한 경험, 리더십을 발휘한 경험 등등. 조금은 통상적인 질문들이 이어졌고, 답변을 하는 데 있어 큰 어려움을 느끼지는 않았다.

하지만 그날도 집에 오니, 역시나 합격 통보를 받게 되었다. 그리고 진지한 고민을 해야 했다.

'만약 정말로 3차 면접도 합격하면 진짜 회사 다녀야 하나? 시험공부는 어떡하지?'

3차 면접은 임원 면접이었다. 그리고 한 주가 흐르고, 월요일 아침에 시작되었다. 그리고 정말 드라마에서 보던 것처럼 면접장 안에는 의자 네 개가 놓여 있었고, 지역단장이 면접장 안으로 들어와 한 사람, 한 사람 가리키며 질문을 던졌다. 50대 초반이었고, 풍채가 좋았다.

하지만 3차 면접이 끝나고 나서는 연락이 오지 않았다. 다음 날도, 그다음 날도.

'아, 역시 3차 면접까지는 무리였구나. 하긴.'

어쩐지 내 옆자리에 앉았던 누군가가 합격했고, 나는 떨어졌을 거라고 생각했다. 그리고 다시 일상적인 학교생활이 시작됐다. 그렇게 화요일, 수요일이 지나갔고 어쩌다 낯선 번호로 전화가 올 때면 긴장하며 받았지만, 잘못 걸려온 전화였을 때는 실망하기도 했었다.

그러던 어느 날, 금요일 저녁. 핸드폰 벨 소리가 울렸다. 학교 수업을 마치고 집에 도착한 지 얼만 안 되었을 즈음이었다. 번호를 확인했다. 낯선 번호가 아니었다. 익숙한 번호였다. 팀장 Q의 번호란 걸 알 수 있었다.

순간적으로 맥박 수가 높아졌다. 그리고 결과에 관해 긴장한 상태로 전화를 받았다.

"예! 안녕하십니까!"

"축하합니다, 안습남 씨! 안습남 씨는 최종 면접

에 합격하셨습니다.”

나는 손이 파르르 떨렸다.

“감사합니다!”

“안습남 씨는 다음 주에 연수원에 입소할 예정입니다. 안내 문자 보내드리겠습니다.”

그리고 문자 메시지가 도착했다.

> 대박생명 연수원 입소 안내 (2박 3일)
>
> 준비물: 생활용품
>
> (추리닝, 속옷, 세면도구, 필기도구 등)
>
> 월요일 아침 8시에 대절 버스를 타고 출발

그리고 생각지도 못하게, 연수원에 들어간다는 사실에 마치 찬물에 들어갔다가 뜨거운 햇살 아래 선 그런 기분이 들었다. 긴장과 환희가 맞부딪히며 만들어내는.

그리고 주말 동안 나는 교수님한테 연락을 드렸다.

“안녕하세요. 교수님. 제가 대박생명에 취업해서 다음 주부터 학교에 못 나오게 됐습니다.”

"축하하네! 안습남 군! 그럼 언제 한 번 시간 날 때 학교에 들러서 취업증명서를 제출하게. 언제쯤 방문할 수 있나?"

"감사합니다! 연수원 교육 과정을 마치고 방문하도록 하겠습니다!"

그리고 삶의 방향이 갑자기 이렇게 바뀌어도 되는 건가 싶기는 했다. 그렇게 나는 하루아침에 대박그룹의 금융계열사인 대박생명에 들어가게 되었고, 드라마 같은 회사에서 일하는 대기업 사원이 되었던 것이다. 재무설계라고 하는 금융 관련 일을 하는.

그래서 주말에는 스콜세지 감독의 영화 『더 울프 오브 월 스트리트』를 시청했다. 월 스트리트에서 펼쳐지는 이야기를 다룬 영화였다.

모험의 시작

그리고 스물여섯 가을. 연수원으로 가던 날이 떠오른다.

월요일 아침. 대박빌딩 17층 복도에는 '교육장' 방향을 가리키는 팻말이 놓여 있었다. 그리고 나는 캐리어를 끌며 '서울 지점' 교육장 안으로 들어갔다.

"어? 축하해요!"

"축하해요!"

함께 면접을 봤던 동기들이 교육장 안에 앉아 있었다. 가벼운 인사를 나누고 나서 나는 창가 쪽에 앉았다. 창가 밖으로 펼쳐진 대형 호텔과 빌딩 그리고 남산 공원을 바라보았다.

교육장 안은 조용했고, 아직 정장 차림이 어색한 청년들 스무 명가량이 핸드폰만 쳐다보며 앉아 있었다. 아직은 서로 어색했기에 화기애애한 대화를 나누거나 그러지는 않았다.

그리고 그렇게 10분 정도 흘렀을 즈음 복도에서 또각또각 구두 소리가 들렸다. 주황색 양장 차림을 한 팀장 Q가 교육장 안으로 들어와 연단에 올라 화이트보드에 입소자 준수 사항을 적었다.

"교육장 안에서는 음주 금지! 그리고 교육 태도 불량 시 퇴소 조치입니다!"

그렇게 간단한 설명을 마치며 출발 신호를 알렸다.

"자! 이제 그럼 연수원으로 출발합시다!"

엘리베이터 두 대는 오르락내리락했고, 스무 명

가량의 청년들은 1층 로비에 집결했다. 그리고 팀장 Q는 무작위로 네 명씩 조를 편성했다.

그리고 함께 면접을 봤던 C와 또 같은 조가 되었다. C는 나보다 한 살 많은 누나였다.

"결국 합격하셨네요. 히히."

"하하. 며칠 동안 연락이 없어서 떨어진 줄 알았어요."

그리고 또 다른 조원들이 있었다. 보험회사에 오기 전에 이것저것 사회 경험을 많이 했던 A. 그리고 덩치가 우락부락한 B. 이렇게 넷이서 한 조가 되었다.

어쨌거나 조 편성이 완료되자 동기들은 다 함께 우르르 회사 빌딩 앞에 서 있던 버스에 올랐다. 버스 안은 금방 시끌벅적해졌다. 그리고 곧이어 버스는 출발했다. 그리고 버스 창밖으로 보이던 빌딩과 도로 위를 달리던 차량들. 다리 밑으로 보이는 한강의 푸른 물결. 내 기억 속에 오랫동안 남아있던 풍경 중 하나였다. 그리고 나는 그만 설레는 감정이 물처럼 밀려와 귀에 이어폰을 꽂고 Steve Barakkat의 「Flying」을 들었다. 그리고 마치 드라마 속 출세가도를 달리는 능력남이 된 것처럼 기분 좋은 상상에 젖어들었다. 그 안에서 나는 설레는 감정을 품고 회사의 빌딩 안으로 들어온 신입사원도 되어 있다가, 어느 잔잔한 가을 햇살 아래 감사패를 들고 사무실을 나와 그리움 속에서 회사의 건물을 뒤돌아보는 임원도 되어 있었다. 달콤한 꿈이었다.

어쨌거나 30~40분 정도 달린 버스는 연수원에 도착했다. 연수원은 서울역에서 그렇게 멀지 않은 곳에 있었다. 연수원의 첫 풍경은 가운데에 교육장 용도로 쓰이는 건물과 남자 숙소와 여자 숙소. 이렇게 세 건물이 'ㄷ' 모양을 이루고 있었다. 그리고 중앙에는 푸른 잔디와 분수대가 보였다.

그리고 버스에서 내린 교육생들은 교육팀장 T의 안내를 받아 곧장 숙소로 향했다. 같은 조원끼리 한방을 썼다. 나, A 그리고 B는 같은 방에 들어갔고, C는 여자 동기생들과 함께 여자 숙소로 향했다.

"숙소에 짐 풀고 나서 10분 후에 교육장 건물로 이동해 주세요!"

젊은 여직원이었던 교육팀장 T의 말이었다. 교육생들은 우르르 교육장 건물로 이동했고, 2층에 위치한 대강당 안에는 우리 서울 지점뿐만 아니라 남산 지점, 한강 지점의 교육생들도 자리에 착석해 있었다. 학교 교실에도 1분단, 2분단이 있듯이 지점별로 앉을 자리가 구획되어 있었고, 누가 시키지 않아도 같은 조원들끼리 뭉쳐서 앉았다.

어쨌거나 대강당 건물에 앉아 있자 정문으로 중년의 사내가 들어왔다.

"안녕하십니까! 대박생명 교육 본부장입니다!"

그리고 중년의 사내가 들어오자마자 후문에 서 있던 젊은 직원들이 일사불란하게 움직이며 책자를 배포했다. 책자의 가운데에는 '생명 보험의 이해'라는 글자가 적혀 있었다.

당시 나는 금융, 월가, 재무설계, 드라마 같은 사무실, 이런 것만 생각하고 들어왔다가 막상 보험 영업과 보험 상품에 대한 내용들이 담겨 있는 책을 받자 뭔가 반전드라마를 본 것만 같은 기분이 들었다. 당혹감이 꽤나 컸었다. 그날 저녁, 숙소 앞에서 A와 대화를 나눴다. 나중에 알게 된 것은 A는 다른 보험회사에서 근무한 경력이 있다는 것이었다. 그래서 A는 사정을 훤히 잘 알고 있었다.

그날 저녁, 알게 된 것은 보험설계사는 일반적인 근로자가 아니라 개인사업자로 분류된다는 것이었다. 그래서 실적이 높으면 높은 수당을 받겠지만, 낮으면 그만큼 아주 적은 수당을 받게 되는 것이다. 어쨌거나 보험회사는 영업사원을 수시 채용을 한다.

왜냐하면, 보험회사는 계약 체결만큼 중요한 것이 조직 확장 임무이기 때문이다. 그러니까 가정해서, 팀장 H 밑으로 7명의 팀원이 있는데 팀 정원이 10명이라면, 팀장 H는 3명의 설계사를 더 모집해야 한다.

그렇게 팀 정원 10명을 채우게 되면 팀은 분할하게 된다. 기존 팀 5명, 신설된 팀 5명. 그렇게 되면 부팀장 격이었던 Y가 신설된 팀의 팀장으로 발탁되는 거고. 또다시 기존 팀장 H와 신임 팀장 Y는 자신들의 팀원 수를 늘려나가야 된다.

이렇게 지점 안에서 30명이었던 인원들이 40명, 50명까지 늘어나 총 정원인 60명까지 다 차게 되면 지점은 분할하게 된다. 기존 지점 30명만 남고, 신설 지점으로 30명이 이동하는데 이때 최고 선임 팀장이 H라면, H는 신설된 지점의 지점장으로 발탁되고, 또다시 각 지점은 설계사를 모집하며 자신만의 지점 쪽수를 늘려나가야 된다.

그래서 보험회사에서는 면접에 관한 슬픔이 없다. 스무 명이 면접을 보면, 그중에서 한두 명만 합격하는 게 아니라, 스무 명이 나란히 사이좋게 합격을 하게 된다. 그리고 어쩐지 교육장 안에 들어갔을 때 함께 면접을 보았던 세 명이 교육장에 앉아 있던 상황과 서로 어색한 미소로 인사를 주고받던 순간들이 퍼즐 맞추어지듯 연결되었다. 그리고 그 순간 나는 혼돈에 빠진 듯한 기분이 들었다. 마치 무아지경 속으로 빨려 들어가 맥을 못 추는 듯한 그런 기분이었다.

그래서 그날 밤, 저녁 교육이 끝나고 나서 숙소 앞에서 조원들과 수다를 떨 때 회사를 나갈 생각을 품고 있었다.

"나 교육 책자 받고 당황했는데."

"왜?"

"난 영화 『더 울프 오브 월 스트리트』 같은 거 상상하고 들어왔거든."

그때 A는 내 말에 황당하다는 듯 웃음을 터뜨렸고, 그렇게 A와 숙소 앞에서 회사를 한 달 만에 그만둘 거라느니, 합법적 다단계라느니, 작당을 하듯 그런 대화를 나눴다. C의 표정은 어두워졌다.

"아, 난 그런 줄도 모르고…."

그때만 하더라도 '에이, 속았다. 어쩐지 뭔가 술술 잘 풀린다 했다.' 이런 기분이었다. 그러나 숙소 안에서 나는 심경변화를 겪게 되었다. 숙소 앞에서 A와 대화를 나눌 때 묵묵히 듣고만 있던 B가 말했다.

"습남이! 너는 왜 해보지도 않고 벌써 회사를 나가려는 거지?"

나는 솔직하게 말했다.

"사실 나는 내성적인 성격이라 영업이란 일에 잘 맞을 것 같지는 않아."

그러자 동료 B가 말했다.

"난 여기 오기 전에 막일을 했어. 넌 내가 양복 입고 회사 건물로 들어가는 회사원들 보면서 얼마나 부러웠는지 아냐? 난 여기 대박생명 들어와서 좋아. 듣자 하니, 보험 영업은 수당이 두둑하다고 하더군. 난 여기서 목돈을 벌 거야."

그리고 그날, 나의 내면은 모험을 떠나려는 배의 뱃고동 소리가 선착장으로 울리는 그것과도 같았다. 어서 승선하라고, 안 그러면 떠날 거라고.

어쩐지 연수원에 들어와서 새로 만나게 된 동료들도 그렇고, 근사한 뷔페 안에서 먹던 점심과 저녁도. 그리고 버스 안에서 느꼈던 설레던 감정도. 꼭 새로운 삶을 만난 것 같았고, 나는 결국 배에 오르기로 결심했다.

"그래. 사실 난 자신이 없지만 한 번 해보려고."

동료 B가 웃었다.

"잘 생각했다. 하하."

그리고 우리 셋은 야경꾼이 된 것처럼 잠도 자지 않고 숙소 안에서 떠들었고, 밤은 낮을 향해 움츠러들고 있었다.

하지만 그날 밤, 팀장 Q한테 갑작스럽게 메시지가 도착했다. 교육생들과 팀장 Q가 들어와 있는 단체 채팅방이었다.

"여러분! 제가 내일 교육 잘 들으라고 격려차 치킨이나 피자를 사 갖고 갈 건데 뭐가 좋을까요? 다수결로 결정해서 조마다 메시지를 주세요."

A는 C한테 전화를 걸어 의사를 물었고, 그렇게 우리 넷은 치킨으로 통일했다. 어쨌거나 나는 기

분이 잔뜩 들떠 있었다. 대기업 연수원도 들어왔고, 치킨도 먹게 됐으니 기분이 조금 좋아졌다.

그렇게 다음 날, 오전 교육이 끝나고, 팀장 Q한테 메시지가 왔다.

"여러분 응접실로 모이세요!"

그렇게 오전 교육을 마치고 응접실로 달려가 문을 열었다. 그러나 치킨은 어디에도 없었다. 차가운 눈보라가 덮치는 듯했고, 테이블 위에는 오직 아이스 아메리카노 20잔만 놓여 있었다. 팀장 Q는 잔뜩 화가 난 채 샤론 스톤처럼 다리를 꼬고 앉아 있었다.

"뭐 하세요! 빨리 앉으세요!"

함께 응접실에 도착한 나, A 그리고 B는 허겁지겁 빈자리에 앉았다. 이미 다른 교육생들은 우리 셋보다 일찍 도착해 제자리에 앉아 있었다. 그리고 팀장 Q의 일장연설이 시작되었다.

"어젯밤 내가 온갖 전화에 시달렸어! 이번 기수 완전 개판이야! 나가고 싶어? 그럼 나가! 아무도 안 말려!"

그러면서 급여 명세서를 번쩍 들어 올렸다.

"우리 대박생명은 경쟁사 D그룹 계열사의 자산을 다 합친 것보다도 총자산이 많고, 지점 사원들 평균 연봉은 4,000만 원이 넘어! 나가고 싶어? 그럼 나가도 돼!"

그리고 어쩐지 불길한 예감이 들었다. 머릿속에서 퍼즐이 맞춰졌다. 숙소 앞에서 A와 나누던 대화. 옆에서 듣고 있던 C. 그리고 여자 숙소로 돌아가 여자 동기들한테 나와 A가 나눈 대화를 말하는. 그리고 한밤중 Q한테 쇄도하던 여자 교육생들의 전화. 그리고 소요를 진화하기 위해 다음 날, 곧장 사무실에서 연수원까지 내달려온.

어쨌거나 팀장 Q는 사태를 다 파악하고 있는 듯했다.

"열심히 하겠습니다!"

교육생들이 일제히 이구동성으로 말하자 Q는 이렇게 말했다.

"알겠어요. 다들 이제 교육 들으러 올라가 보세요. 안습남 씨만 남고."

그리고 처음부터 전화로 질책하지 않고, 치킨과 피자라는 덫으로 유인을 한 다음 기습을 감행한 그 노련한 고단수는 사회 초년생 입장에서 꼼짝없이 당할 수밖에 없는 것이었다. 그리고 나는 다시 원점으로 돌아가야 했다.

"안습남 씨는 무슨 할 말 없어요?"

분했지만 나는 면접을 보던 초심으로 돌아가 이렇게 말했다.

"열심히 하겠습니다!"

"알겠어요. 안습남 씨도 올라가 보세요."

그리고 그렇게 응접실을 나와 교육장 건물 1층에 선 나는 본능적으로 시작부터 회사 생활이 어두워질 것이라는 걸 예감하고 있었다. 하지만 실은 팀장 Q의 이러한 터프한 전략 때문에 한 번쯤 다녀볼 만한 회사라는 생각을 갖게 되었다.

물론 지금 당장 회사를 나올 수도 없었다. 이대

로 학교로 다시 돌아가 강의실에 앉아 있으면 교수님이 의아해하실 것이다.

“아니, 안습남 군. 연수원 들어간다더니 왜 학교에 왔나?”

그렇다고 연수원에서 동기랑 작당을 하다가 퇴소를 당했다고 말할 수도 없었다. 그건 너무 망신살이 뻗친다. 어쨌거나 나는 평소 책을 많이 읽는 편이었다. 그리고 『한비자』 같은 권모술수에 관한 책을 읽으면, 현명한 임금이 연회를 베푸는 척 간신들을 모아 기습적으로 작전을 감행하는 장면들이 나오고는 한다. 살면서 그런 일이 나한테 벌어질지 어떻게 알았을까. 어쨌거나 여기까지가 회사를 강제로 다니게 된 한 남자의 사연이었다. 어느 스물여섯 가을에.

동료들

누구에게나 풍경에 대한 추억은 있다.

시간이 흘러서 함께했던 사람들은 떠나갔지만, 그곳에 다시 와보면 그때의 순간들이 기억 속에서 영상처럼 재생되는.

스물여섯 가을. 그렇게 나의 일상은 방향이 바뀐 나침반처럼 달라져 있었다. 대박빌딩의 엘리베이터는 17층으로 올라갔고, 투명한 유리에 정장을 입고 서류가방을 들고 있는, 단정한 느낌을 주기 위해 앞머리도 젤을 발라 뒤로 넘긴 나의 모습이 비쳤다.

월요일 아침이었다. 3박 4일의 연수원 일정이 끝나고, 지점 교육장에서 보름 동안 신입 교육이 이어졌다.

"습남이 안녕!"

"민식이 안녕!"

교육장 안에는 동료들이 있었다. 아침부터 저녁까지 함께 교육을 듣던. 이따금 쉬는 시간에 같이 과자나 빵을 먹거나 커피를 마시던. 수다를 떨기도 하면서.

대박빌딩 17층. 교육장 안에서는 아침부터 모집자 준수 사항, 보험 심사, 상품의 종류와 같은 보험 이론에 관한 교육이 시작됐다. 연수원에서도 계속 배웠던.

그리고 이것은 단순히 시간을 때우기 위해서 했던 것은 아니었다. 운전면허가 있어야 운전을 할 수 있듯이 생명보험협회에서 주관하는 '설계사 시험'에 통과해야 코드가 발급되어 정식적으로 영업을 할 수 있게 된다.

그리고 연수원에서도 날마다 쪽지 시험을 쳤었다. 아침에 시험을 쳤고, 점심쯤에 시험 결과, 그러니까 점수가 적힌 대자보를 젊은 직원들이 대강당 후문 쪽에 붙여 놨었다. 지점마다 인원들의 점수가 숫자로 빼곡하게 적혀 있는.

그리고 나는 항상 높은 점수를 유지했었다. 팀장 Q한테 한 번 찍혔으니까, 점수라도 높아야 될 것 같아서 다른 동기들이 설렁설렁 보험 책자를 훑을 때 나는 눈에 불을 켰던 것 같다. 아마도 연수원에서의 사건이 팀장 Q를 통해 단장님한테도 보고가 되었을 거라는 추측을 했었다. 그래서 여기서도 점수가 낮게 나오면서 불성실함을 보인다면 정말 퇴소를 당할지도 모른다는 위기감이 작동했던 것 같다. 졸업 전까지는 회사에 다녀야 했으므로.

어쨌거나 3박 4일의 연수원 일정이 끝나고, 지점 교육장 안에서 서울지점 동기끼리 신입 교육을 받은 지 일주일이 흘렀을 때 교육팀장 T의 인솔하에 다 같이 설계사 시험을 치러 신도림역으로 이동했다.

시험은 서부금융빌딩 25층에서 봤는데, 시험 방식은 일반 국가 기관에서 주관하는 시험과 똑같았다. 응시번호에 따라 자기 자리에 앉으면 되고, 시험지와 답안지를 배부받은 다음 문제를 다 풀고 나서는 컴퓨터 사인펜으로 OMR 카드에 마킹을 완료하면 된다. 그리고 종이 울리면 감독관한테 답안지를 제출하면 된다.

하지만 한 가지 다른 점은 오후 2시쯤에 봤던 시험의 결과가 당일 저녁에 바로 공개된다는 것이다. 교육장 안에서 저녁 6시가 되자, 다들 협회 사이트에 접속해 자신의 아이디로 로그인을 했고, 점수가 화면에 나타나자 "오, 떴다!" "떴어!" 이렇게 소리를 냈다.

다른 동기들은 보통 70점이나 80점 정도 나왔을 때 나는 96점이 나왔다. 60점만 되어도 합격인 시험이었는데, 확실히 너무 '눈에 띄는' 점수였다.

그날도 마찬가지로 교육팀장 T는 교육장 출입문 쪽에 시험 점수가 적힌 대자보를 붙였고, 10분 정도 뒤에 풍채가 좋은 단장님이 교육장 안으로 걸어 들어왔다. 그리고 배를 조금 내밀며 의미심장한 눈빛으로 나를 바라봤다.

"너는 여기서 혹시 고시 준비하니?"

순간 동기들이 "하하하!" 일제히 웃음을 터뜨렸다. 마치 촌극 같았다. 앞자리에 앉아 있었던 나는 얼굴이 조금 발갛게 물들었었다. 마치 맥주 한 모금이라도 걸친 것처럼.

아마도 그때 내가 느꼈던 민망함은 감정에 너무 몰입한 나머지 오버하는 연기를 펼치다 NG를 낸 드라마 배우의 그것처럼 주위에서 웃음을 터뜨리는 동료들 사이에서 마음이 한없이 부끄러워지는 그런 것이었다. 어쨌거나 연단에 선 단장님은 이렇게 말했다.

“우리는 공부 잘하는 사람들 싫어해!”

그러면서 만약 배즙을 판매하는 영업사원이 즙을 많이 판매할 생각은 안 하고 배즙의 효능에 관해 연구하며 자꾸 본사에 회의적 시각을 내비치면 얼마냐 피곤하겠냐는 것이었다. 그때 나도 그렇고, 동기들도 다 같이 웃었지만, 시간이 흘러서 생각해보면 뼈가 있는 농담이었다. 단장님의 지론에 따르면 회사에서는 100점을 맞은 신입사원보다 60점을 맞은 신입사원이 최고의 신입사원이라는 것이었다.

어쨌거나 보름 동안 17층 교육장 안에서 신입교육이 진행되었다. 그리고 교육은 보통 지점에서 팀장급 정도 되는 직원들이 번갈아가며 도맡았다. 가령 오전 10시에 3팀장이 들어와 상해 상품의 종류에 대해 교육을 했다면, 오후 3시에는 5팀의 한 선배가 들어와 보험증권을 분석하는 방법 이런 것에 대해 교육을 한다. 때로는 본사에서 초빙된

강사들이 와서 교육을 진행할 때도 있었다. 상품 구조와 보험 법률과 관련된 강의가 진행된다.

그리고 그사이 나는 동료들이 생기게 되었다.

쉬는 시간에 이따금 옥상으로 올라가 스트레칭을 하고는 했는데 그 모습을 보던 다른 팀의 동료가 웃음을 터뜨렸다.

"하하. 습남이 재 폼 좀 봐!"

옆에 있던 다른 동료들도 같이 웃음을 터뜨렸다. 그때 나는 "원래 나는 이게 평범한 거야."라고 말하듯 무심한 표정을 지으며 어깨를 으쓱하고 말았지만, 실은 낯선 것들이 내 마음속으로 친근하게 다가오는 과정을 즐겁게 바라보고 있었다. 동료들도, 교육장의 풍경도. 그리고 교육을 마치고 집으로 가기 위해 서울역을 향해 걸으며 보았던 도로 위의 차량들, 빌딩 사이로 저물던 저녁 해. 대로에는 가로수들이 놓여 있었고, 퇴근하는 많은 사람이 길 위를 걷고 있었다. 그리고 가로수의 잎들은 은행잎, 단풍잎으로 물들어 있었다.

그렇게 스물여섯 가을에서 스물일곱 봄까지, 내게는 많은 일이 있었고, 이따금 그날의 순간들을 떠올릴 때면 풍경들이 유채화의 그것처럼 번질번질한 느낌으로 그려질 때가 있다.

스물일곱 봄. 나는 회사를 나오게 되었다. 스물여섯 가을부터 일하면서 늘 실적이 좋지가 않았다. 그래서 회사에 계속 다닐 수가 없었다.

그렇게 2년이 흘렀고, 그때 그 순간들은 많은 것들이 변해 있었다. 어떤 동료는 이직했고, 어떤 동료는 승진했다. 그리고 어떤 동료는 회사를 나와 새로운 사업을 시작하기도 했다. 나는 그대로인 것 같은데. 나한테도 무언가 달라진 게 있었을까?

그리고 스물아홉 어느 봄날에, 근방을 지나가다, 예전에 자주 걸어봤던 서울역의 한강대로에서 시작해 숭례문을 지나 소월로를 지나 다시 회사가 있는 빌딩까지 걸어본 적이 있었다.

봄 햇살은 부드러웠고, 바람은 선선했었다.

추억이 깃든 거리를 걷는 것은 누구에게나 즐거

운 일 같다.

그날 나는, 거리를 걸으며 스물여섯 어느 가을에 들었던 Frank Mills의 「From a Sidewalk Cafe」가 떠올랐다. 함께했던 동료들과의 풍경이 영상처럼 펼쳐지면서.

어느 가을의 일요일 점심. 사무실에서 팀장님과 선배들한테 프레젠테이션 작업을 배우던 순간도. 그때는 왜 일요일에 회사를 나가는데 기분이 즐거웠을까.

월요일 점심. 동료들과 식당을 나와 회사 맞은편 카페에서 커피를 마시며 함께 가을 햇살 아래 서 있던 순간에는 뭐가 그렇게 즐거웠을까.

그리고 궁금했다. 아주 많은 시간이 더 흘러서 다시 한 번 이곳을 걸을 때면 어떤 느낌으로 다가올까. 그때는 어떤 음악을 듣고 싶을까?

팀장과 팀원들

스물여섯 가을.

나는 처음으로 개척 영업을 나가게 되었다.

보험 영업 방식은 크게 지인 영업과 개척 영업으로 나뉜다.

가령 내가 '아는 사람' A를 만나, A한테 보험 계약을 받는다면, 그것은 지인 영업이라 한다.

반면 내가 식당, 시장, 타 사업장 등을 방문해 '모르는 사람'한테 인사를 드리고, 상품에 관해 설명할 기회를 얻어, 상품에 관해 계약을 받게 된다면 그것은 개척 영업이라 한다.

보름 동안 진행된 신입 교육. 상품의 이론에 대한 교육은 지루하고 딱딱했지만, 단 한 가지. '개척 영업 사례'에 관한 교육은 마치 무용담을 듣는 것처럼 흥미롭고 즐거웠었다.

그중 기억에 남는 것은 2팀의 선배와 5팀 선배의 개척 영업 경험담이었다.

2팀 선배는 동네 정형외과로 개척 활동을 나갔다. 그러나 원장님이 계약을 하겠다고 말했지만, 뜸을 들였다고 한다. 그래서 어느 날, 선배는 동창 친구들한테 "애들아, 가자!" 하며 함께 우르르 병원으로 가 단체로 독감 주사를 맞았다고 한다. 토요일 점심이었고, 결국 선배는 계약서를 들고 집으로 돌아왔다고 한다.

5팀 선배는 출근하던 도중 계약을 받았다고 한다. 택시를 타고 출근하던 길이었는데, 라디오에서는 아침 뉴스가 흘러나왔고, 선배는 기사님과 함께 이러쿵저러쿵 대화를 나누다, 자연스럽게 보험에 관해 이야기를 나누었다고 한다. 결국 택시에서 내리기 전에 기사님은 보험에 가입하겠다고 말했고, 선배는 허겁지겁 사무실로 뛰어 올라가 계약서를 출력한 다음 다시 허겁지겁 뛰어 내려가 빌딩 앞에 주차되어 있던 택시에 올라 현장에서 사인을 받았다고 한다. 그다음 아침 회의가 시작되기 전 계약서를 지원 부서에 제출해 사무실 벽면에 붙어 있던 실적현황판에 바둑돌이 올라갔다고.

그리고 어쩐지 이런 개척 영업에 관한 이야기들은 내게 터프한 무용담처럼 다가왔다.

사실 내가 개척 영업에 관심을 가졌던 이유는 지인 영업은 자신이 없었기 때문이었다. 인맥이 넓은 편은 아니었다. 오히려 적은 편이었고, 그래서 '개척 영업을 해야 승산이 있겠구나.' 이런 생각이 들었었다.

물론 대부분 지점 동료들은 지인 영업을 한다.

개척 영업이 쉽지 않기 때문이다.

그러나 그때만 하더라도 막연하게 '개척 영업을 해보자!' 이런 생각을 갖고 있었다. 물론 특별히 자신감이 넘쳐서 그런 것은 아니었다. 아마도 만날 지인이 적다 보니 개척 영업을 통해 영업사원으로서의 나의 몫을 해내려는 생각을 갖고 있었던 것 같다.

신입 교육이 끝나고 나니, 이제 교육장이 아닌 사무실로 출근했다.

그러니까 엘리베이터가 17층에서 멈추면, 이제 복도에서 오른쪽이 아닌, 왼쪽을 향해 걸었다.

그리고 사무실 안으로 들어가면 1팀부터 6팀까지 책상들이 세로 방향으로 군집을 이루고 있었다.

그리고 '내 자리'도 생겼다. 사무실 책상 위에는, 그러니까 파티션이라고 하는 곳에 내가 쓰는 사무용품들도 가지런히 놓여 있었다.

이렇게 나는 정식적으로 대박생명의 영업사원이

되었지만, 동기들과 눈에 띄는 한 가지 차이점이 있었다. 그건 바로 계약, 즉 실적이 없다는 것이었다.

동기들은 각자 팀장님들과 면담을 했고, 내가 어떤 고객을 만날 것이며, 프레젠테이션 작업은 어떻게 했으며, 어떻게 설명한 것인지 마치 초급 장교가 부대장한테 모의 시뮬레이션을 보여주듯 일일이 보고했다.

그리고 다음 날, 사인받은 계약서를 갖고 왔고, 지원 부서에 제출해 실적현황판에 바둑돌이 올라가는 쾌거를 이루었다.

그리고 나도 팀장 Q와 면담을 하게 되었다.

"저는 희망 아웃렛으로 개척을 나갈 생각입니다."

회의실 안에서 나는 설명했다. 희망 아웃렛은 어머니가 근무하는 곳인데, 매장도 많고 점원도 많아서 이곳으로 개척 활동을 나가볼 생각이라고. 팀장 Q도 나의 말을 듣고 'OK' 사인을 내리듯 흔쾌히 동의했다.

"그래. 좋은 생각이다. 이번 주에 한번 활동을

나가보렴."

나는 마치 건설적인 제안이라도 하는 것처럼 말했다.

"예. 그런데 팀장님이 함께 나가 주셨으면 좋겠습니다."

그리고 시간이 흘러서 이 순간이 다시 떠오를 때가 있었다. 그때 나는 단순히 팀장 Q가 도와주면 계약이 잘 나올 것이라는 기대감에 이런 제안을 한 것은 아니었다. 실은 사무실이라는 공간 안에서 함께 일하는 동료가 맞는지 확인하고 싶었던 것 같다. 아마도 팀장 Q도 이론 교육에는 높은 의욕을 보이던 내가 영 실적이 없자 의아함을 느꼈을 것이었다.

그리고 그사이 나는 어떠한 내적 갈등을 느끼고 있었다. 동기들이, 직장을 다니는 대학 선배를 만나 계약을 받아오기도 하고, 친구들을 만나 계약을 받아오고 있을 때 내가 계속 이곳을 다닐 수 있을까, 그러니까 어쩌면 솔직하게 말하고 회사를 나가는 게 맞지 않을까 하는.

만약, 팀장 Q가 무심하게 "글쎄다…. 나도 바쁜데. 나중에 시간 날 때 혼자 갔다 와보렴."이라고 말했다면, 어쩌면 회사를 나갔을지도 모를 일이었다.

그러나 그때 팀장 Q는 순간 당황했다는 듯 눈빛이 흔들렸지만, 나의 제안을 받아들였다.

"그래. 언제 한번 같이 가자."

하지만 이것이 흔한 일은 아니었다. 보험회사 팀장이라고 해서 다들 개척 영업에 일가견이 있는 것은 아니다. 시간이 흘러서 알게 되었지만, 사실 개척 영업을 나가서 퇴짜를 맞는 등 망신을 당하는 경우가 더 많다. 좋은 결과를 얻기보다는.

그리고 팀장 Q와 함께 희망 아웃렛으로 개척을 나가던 날, 다른 팀의 동기는 "오, 팀장님이 같이 가주시는 거야? 부럽다."라고 말하기도 했었다.

어쨌거나 팀장 Q는 차일피일 미루려는 속셈이 있었을는지도 모르겠다. 그러나 나의 뜻은 확고했다. 팀장 Q도 결심이 선 듯 말했다.

“이번 주에 희망 아웃렛으로 개척을 나가고 싶습니다.”

“알겠다. 가자!”

결국 나는 팀장 Q와 함께 한 층 아래에 있는, 그러니까 16층에 있는 지원부서를 방문하게 되었다.

지원부서에는 내근직 직원들이 있는데, 주로 문서 작업을 했다. 가령 설계사들이 계약을 받아오면 그것을 전산화시킨다든가. 그리고 지원 물품에 관한 것들에 대해.

어쨌거나 지원 부서 사무실에는 별도의 수납공간이 있었는데, 고객들한테 나눠줄 손난로라든가, 달력이라든가, 볼펜 같은 것들. 이러한 물품들을 지원받게 되었다.

그리고 목요일 아침. 나는 팀장 Q와 함께 서울역에서 하행선 열차를 탔다.

희망 아웃렛으로 개척 활동을 나가기 위해.

그리고 지하철 안에서 팀장 Q는 조심스럽게 물었

었다.

"어머니는 어떤 분이시니?"

아마도 그것은 신임 교사가 학부형을 처음 대면해야 할 때 느낄 법한 긴장감이 아니었었나 하는 생각을 해본다.

하지만 나라고 영 긴장하지 않은 것은 아니었다. 사실 희망 아웃렛이라는 곳은 7층부터 1층까지 신사복, 캐주얼, 아동복 등 매장들이 늘어서 있고, 매장에는 점원들이 서 있으며, 층마다 복도에는 돌아다니는 손님들이 있기 마련인데 이런 곳에서 정말 영업을 하는 게 쉬운 일일까 하는 회의감이 있었다.

그리고 그때 내 마음속에는 엉뚱한 지도를 들고 항해할 때 그것이 엉뚱한 곳을 가리키고 있다는 것을 알면서도 상대방한테 말하지 않고 침묵을 유지할 때의 짓궂은 마음과 많이 떨리고, 긴장되겠지만 물러서지 않겠다는 어떠한 사명감 같은 것이 공존하고 있었다. 그때 나는 개척 영업을 꼭 해보고 싶다는 생각을 갖고 있었다. 선배들이 들려준 터프한 무용담의 그것처럼.

어쨌거나 열차는 독산역에 도착했고, 나와 팀장 Q는 도보로 조금 걸어서 희망 아웃렛 안으로 들어갔다.

에스컬레이터는 올라갔고, 5층에 도착하게 되었다. 그리고 엄마가 보였다.

"엄마! 나 왔어!"

사실 희망 아웃렛으로 들어가는 순간, 조금 긴장한 낯빛이 있던 팀장 Q와 달리 나는 그렇게 긴장할 필요는 없었다.

왜냐하면, 사무실은 팀장 Q한테 홈그라운드이지만, 희망 아웃렛은 나한테 홈그라운드이기 때문이다. 나는 가끔 아웃렛에 와서 지하에 있는 푸드코트에서 점심을 먹기도 했었고, 각 층에 있는 점원분들과 친분이 있는 것은 아니지만, 가끔 심부름을 하러 엄마가 일하는 매장으로 와 옆에 계신 동료분들한테 인사를 드린 적이 있었다.

엄마는 나와 팀장 Q가 도착하기를 기다리고 있었다.

"아이고, 오셨어요!"

그렇게 팀장 Q와 엄마는 함께 인사를 나누었고, 팀장 Q는 쇼핑백에 준비해두었던 사은품들을 건네주었다.

"아이고, 우리 아들이 머리는 좋은데 공부를 안 해서…."

"습남이가 설계사 시험도 잘 보고, 지각도 안 하고 회사를 잘 다니고 있는…."

그때의 대화는 마치 꼭 교무실 안에서 어떠한 긍정적인 말을 조금이라도 더 듣기를 원하는 학부형과 어떠한 떨림 속에서 빨리 이 상황이 순조롭게 흘러가기를 내심 기다리는 교사의 그런 것과 같았던 것 같다.

어쨌거나 옆에서 지켜보던 동료 아주머니도 웃으시며 말했다.

"히히. 습남이가 홍보 활동 하러 나왔나 봐."

그리고 그때 내가 보았던 것은 귓불이 조금 발갛

게 변한 팀장 Q의 모습이었다. 나는 회사에 들어오기 전에 이곳에서 양복을 입고 전신거울 앞에 서서 새롭게 변한 나의 모습을 흡족하게 보았었다.

그리고 그날, 나는 다시 새로운 옷을 입고 변신을 한 기분이 들었다. 그것은 '1팀'이라는 문양이 새겨진 붉은 망토를 입은 기분을 주었다. 팀이라는 집단. 소속감을 주는.

그리고 나는 마치 깃발을 든고 선봉이라도 선 사람처럼 매장을 돌아다니며 큰 목소리로 말했다.

"대박생명에서 나왔습니다!"

그리고 점원분들한테 인사도 드리고, 사은품도 나눠주었다. 5층을 한 바퀴 돌고 나서, 에스컬레이터를 타고 4층으로 내려가, 마찬가지로 개척 영업 활동을 계속했다. 그러나 순조롭게 상품에 관해 설명하고, 계약을 받는 일이 이루어지지는 않았다.

"아, 며칠 전에 골드생명에서 왔다 가서…."

"얼마 전에 태양생명 왔을 때 하나 가입했었어."

그리고 그날, 이런 생각이 들었었다. 사실 나는 내가 이곳으로 처음 개척을 나간 것이라 생각하고 있었지만, 알고 보니 선구자들은 따로 있었다.

그래서 내가 대열의 맨 앞에 서 있는 건 아니지만, 어느 중간쯤에 서 있다는 사실을 알게 됐고, 뿌듯한 기분이 들었다. 나중에 시간이 흘러서, 또 다른 누군가가 영업 활동을 하러 올 것이니까 말이다. 히터를 팔 수 있다면 알래스카까지 개척을 하러 나가는 것이 영업사원들의 몫이라는 생각이 들자 어쩐지 이러한 순간들이 터프하게 느껴졌다.

하지만 아쉽게도 별다른 성과는 없었다.

그렇지만 계약이 아예 없던 것은 아니었다. 다음 날, 엄마는 나한테 실비보험 하나에 가입하기로 했다.

그래서 금요일 아침, 나는 혼자 하행선 열차를 타고 희망 아웃렛으로 와 계약서에 사인을 받고, 서류가방에 계약서를 넣은 다음 회사 사무실로 돌아갔다.

돌아가는 열차 안에서 보았던 푸른 한강 물결과 잔잔하게 번졌던 미소가 생각난다.

그리고 그날 저녁. 실적현황판에 처음으로 나의 이름 위에 바둑돌이 올라가자, 동료 B가 웃으면서 이런 말을 했었다.

"올. 드디어 한 건 했네!"

그때 아마도 B는 첫 출근을 시작한 뒤에도 계속 실적이 없던 내가 곧 회사를 그만두지 않을까 하는 생각을 갖고 있었던 것 같다. 그날, 나는 기분이 많이 올라가 있었고, 웃음을 머금은 채 이렇게 말했다.

"나도 한다면 한다!"

그리고 나는 실적현황판에 올라간 바둑돌을 마치 화가가 그림을 그린 후 자기 그림을 한동안 흡족하게 바라보는 것처럼 그렇게 쳐다봤다.

그리고 금요일 밤. 첫 회식이란 것을 하게 되었다.

팀장 Q와 선배들. 그리고 동기와 함께 역 인근에 있는 고깃집으로 향했다.

그리고 그날, 선배 K는 팀장 Q의 건배사 제의에

따라 자리에서 일어나 큰 목소리로 말했다.

"제가 '영!' 하면 여러분들은 '젊음을!' 제가 '업!' 하면 여러분들은 '드높이자!'라고 외쳐주십시오!"

"영!"

"젊음을!"

"업!"

"드높이자!"

시원하게 맥주잔이 부딪혔다. 선배 K는 영업을 영업(Young-up)으로 해석했다고 한다. 어쩐지 좀 근사한 번역 같았다.

시간이 흘러서 이때의 순간을 떠올릴 때면 시원했던 맥주의 맛과 빠르게 뛰었던 맥박이 느껴지는 것은 왜일까? 그때의 기억들은 꼭 마치 해변의 풍경을 즐기다 열차에 오르고 나서도, 바다에서 들었던 철썩거리며 부서지던 파도의 소리가 귓가 어딘가에 남아 계속 소리를 전달하는 것처럼 아직도 나의 기억 속에서 맴돌 때가 있다.

✶

봄

스물한 살 봄. 봄이라기보다는 겨울에 가까웠다. 나는 그때 이등병이었다.

꽤나 매서운 바람이 불었고, 기존 소대장은 타 부대로 전근을 가게 되었다.

그리고 훤칠한 신임 소대장이 소대로 부임했다.

"앞으로 내가 너희들의 소대장이다. 잘 부탁한다!"

신임 소대장은 소대원들과 두터운 친분을 쌓고 싶었던지 어느 금요일 밤, 핸드폰 통화 '퍼레이드'를 제안했다.

"자! 병장부터 이등병까지. 계급 순서에 맞게 차례차례 핸드폰으로 통화를 하도록!"

소대장은 핸드폰을 생활관에 놓아둔 채 나갔고, 밤 8시. 그렇게 박 병장부터 핸드폰 통화를 시작했다.

"오! 뭐야! 뭐야! 올!"

"우리 과에서 최고로 예쁜 누님이시다! 으하하!"

병장부터 쭉 핸드폰 통화를 이어갔는데, 다들 애인 혹은 '여자 사람 친구'하고만 통화를 했다. 그 순간 나는 '불길한 예감'을 느끼게 되었다.

다들 애인 혹은 '여자 사람'하고만 통화를 하는데, 나 혼자서 부모님과 통화를 하는 모습을 상상해 보았다.

그것은 마치 친구의 화려한 도시락 앞에서 어머니가 싸주신 자신의 초라한 도시락을 꺼낼 수 없어 수돗가에서 맹물로 끼니를 때웠다는 라디오 속 한 아저씨의 사연을 내게 떠올리게 했다. 시간이 흘러 아저씨는 어머니의 사랑이 담겨 있던 도시락을 회상하며 후회의 눈물을 지었지만.

어쨌거나 나는 씁쓸함이 들었고, 핸드폰 통화 퍼레이드가 진행되는 동안, 늘 그렇듯 있는 없는 듯한 존재감 속에서 슬며시 생활관을 빠져나와 막사 밖으로 나온 다음 벤치에 앉았다.

추리닝 바람으로 나오니 찬바람에 몸이 오들오들 떨렸지만, 나의 자존심은 한낱 추위보다 더 강했다.

나는 그렇게 막사 밖 벤치에 앉아 이따금 밤하늘을 보거나 나무를 바라보며 생활관에서 벌어졌던 장면들. 마치 예능 프로에서 연예인 누군가가 아주 유명한 연예인 누군가한테 전화를 걸 때 "오, 뭐야! 뭐야! 연결됐어!" 하며 이목이 집중되는 그런 풍경들을 떠올리며 퍼레이드가 끝나기를 기다렸다. 한 20분쯤 흘렀다. 나는 이만 자리를 털고 일어났고, 슬금슬금 계단을 밟고 올라가 막사 2층으로 향했다.

그리고 바로 나의 주특기. 투명인간처럼 슬며시 생활관 문을 열었는데, 그 순간 마치 할리우드 영화에서 도둑이 대저택 안으로 들어오자 사방에 불이 환하게 켜지고, 빨간 레이저가 도둑의 이마로 쏟아지는 그런 것처럼. 생활관 침상 바닥에 앉아 있던 수많은 시선이 나를 향해 쏟아졌다. 심장이 멎는 것만 같았다.

그리고 박 상병이 내게 다가왔다. 평소 잘 챙겨주던 선임이었다.

"습남아! 너 어디 갔었냐? 통화도 안 하고. 한참을 기다렸다."

박 상병은 내게 핸드폰을 건넸다. 나는 안색이 창백해졌다.

"괘… 괜찮습니다."

"괜찮긴 뭐가 괜찮아! 빨리 너도 통화해!"

그리고 나는 그 순간 심경 고백을 하듯 부끄러운 어조로 말했다.

"사실 통화할 사람이 없습니다."

그러자 박 상병이 말했다.

“그럼 부모님이랑 통화해.”

내가 이등병 시절. 선진병영 문화가 정착되어 병장이든 이등병이든 누구든 간에 막사에 있는 공중전화를 자유롭게 쓸 수 있었다. 누구의 눈치도 보지 않고.

그래서 그날, 금요일 저녁에도. 그러니까 한 세 시간 전에도 나는 부모님이랑 통화를 했었다. 그런데 또다시 전화를 거는 게 조금 그랬다.

그래서 나는 동네 친구 이 군한테 전화를 걸었다. 연결 신호가 가는 동안 녀석이 혹시나 전화를 안 받을까 걱정했지만, 다행히 전화를 받았다. 그리고 나는 그동안 있었던 훈련소 이야기. 흙벽돌 작업을 하던 이야기 등을 하다 보니 떨렸던 맥박수가 조금씩 안정이 됐다.

그리고 그날. 생활관 문을 살며시 열고 몰래 들어가려다 발각된 나의 모습과 긴장을 한 채 핸드폰을 잡고 있었던 나의 모습은 아직도 내 기억의 풍경 속에 오랫동안 남아 있게 되었다. 우스꽝스럽고 바보 같았던 한 편의 초상화로.

가 을

그리고 스물여섯 가을. 생활관의 풍경이 똑같이 재현되고 있었다. 회의실이라는 공간 안에서.

"저는 어제 박민호 고객을 만나 연금보험 상품을 설명했습니다."

"저는 어제 김지혜 고객을 만나 건강보험 상품을 설명했습니다."

아침 회의 시간. 영업활동을 보고할 때 선배들이나 동기들의 입에서는 남자 고객 이름과 여자 고객 이름이 나왔다. 그러나 역시 나는 늘, 남자 고객 이름만 나왔다.

“저는 어제 김민수 고객을 만나 연금보험 상품을 설명했습니다.”

나도 한 번쯤 여자 고객을 만나고 왔다고 말하고 싶었다. 지혜, 지민, 지수 이런 평범한 여자의 이름을.

물론 여자 고객을 만나고 왔다고 얼렁뚱땅 거짓말을 할 수도 있었다. 그러나 어쩐지 그런 거짓말을 하는 것은 나를 더욱 비참하게 할 것만 같았다. 나는 늘 태연하게 남자 고객 이름을 말했지만, 한 번쯤 여자 고객을 만나고 싶다는 생각을 갖고 있었다.

그러던 어느 날, P양이 생각났다. 과에서 제일 예뻤던. 기억은 스무 살 시절, 천안역으로 이동했다. 그때 나는 역에 막 도착한 열차에 잽싸게 올랐고, 빈자리를 찾아 옆 칸으로 넘어가다 P양과 마주치게 되었다.

"어? 안녕!"
"안녕!"
하얀 얼굴. 큰 눈망울. 긴 생머리. 그때 나의 심장은 두근거렸지만, 나의 입은 좀처럼 열리지 않았다. 마치 쑥스러움이라는 마취에 걸린 것처럼.

그 사이 열차는 몇 정거장을 지나갔고, P양은 내게 말했다.
"나 내릴게! 잘 가!"
"그래. 안녕!"
그렇게 P양은 열차에서 내렸고, 나는 무언가 모를 아쉬움을 느꼈었다. 그날 이후로, 캠퍼스 혹은 강의실에서 P양과 종종 마주치긴 했지만 좀처럼 친해지기는 힘들었다. 어쩌다 마주치면 가벼운 인사만 나누는 정도였다.

그리고 스물여섯 가을. 나는 한 번 P양한테 메시지를 보내게 되었다. 아마도 학생 시절이었으면 용기가 나지 않았겠지만, 나는 보험회사 영업사원이었다. 그러니까 보통의 남자가 여자한테 개인적으로 메시지를 보내는 것과 달리 보험회사 영업사원이 메시지를 보내는 것은 상대방도 다르게 해석할 여지가 있기 때문이었다.

하지만 메시지를 보낼 당시에는 아마도 답장이 오지 않을 거라 생각했었다. 퇴근하고 나서 '이불킥'이나 하며, '아, 괜히 보냈어.' 후회나 할 것 같다는 생각이 들었었다. 그러나 메시지를 보낸 지 얼마 안 돼 P양한테 답장이 왔었다.

"안녕. 요즘 잘 지내?"

"오랜만이야. 나야 잘 지내지. 너는?"

평소 같았으면 이성 친구와 이렇게 개인적인 메시지를 주고받아본 적이 없어서 얼떨떨했겠지만, 의외로 나는 그날 P양과 많은 대화를 나눌 수 있었다.

"난 요즘 공무원 시험 준비하고 있어."

P양의 말에 나는 공통분모를 찾은 듯했고, 그 이후로 나는 P양과 시험과목에 대해 그리고 수험

생활과 관련된 이런저런 이야기를 나누며 메시지를 주고받게 되었다.

그리고 저녁 약속까지 잡게 되었는데 P양은 시간이 촉박하다고 했었다.

"그래. 저녁은 먹을 수 있는데 근데 나 저녁 먹고 바로 강의실 들어가 봐야 될걸?"

그리고 그때 나는 그래도 같은 과 동기인데 오랜만에 같이 밥이나 먹고 안부나 나누고 싶다며, 회사가 서울역이라 노량진이랑 가까우니, 잠깐 얼굴이나 보자며 그렇게 조르듯 메시지를 보냈고, 결국 P양도 OK 사인을 했다.

"그래. 그럼 목요일 저녁에 보자."

그리고 그때 나는 환호를 지르지는 않았지만, 정말 저녁 약속이 잡혔을 때 얼굴이 붉어질 정도로 맥박 수가 올라갔던 것 같다. 지금 생각해 보면, 아마 P양도 과에서 별 존재감도 없고, 소심한 친구로 기억됐던 안습남이 갑자기 보험회사 영업사원으로 변신한 모습이 궁금하지 않았을까? 이런 생각이 들기도 한다.

결국 목요일 저녁, 나는 P양을 만날 수 있었다. 저녁 7시. 깜깜해진 역 주위로 출구를 나오는 사람들이 보였고, 나는 긴장된 상태로 역 앞에 서 있었다.

"어디쯤 왔어?"

"두 정거장 남았어."

그리고 P양이 에스컬레이터를 타고 내려오던 모습이 기억난다. 그때의 달콤함은 Antonio Carlos Jobim의 「Wave」를 듣는 기분이었다. 마치 MC가 "나와 주세요!" 소리치면 기억 어딘가에 머물러 있던 옛 친구, 연인, 누군가가 커튼을 열며 나오는 것처럼.

그렇게 나는 P양을 저녁 7시. 노량진역 앞에서 만나게 되었다. 나는 저녁 회의를 마치고 부랴부랴 노량진으로 달려왔고, P양은 8시 30분에 학원 강의를 들어야 했다. 시간은 많지 않았다. 지금 생각해 보면, 왜 센스 있게 미리 괜찮은 식당을 알아보지 않았나 하는 생각이 들지만, 어쨌거나 나와 P양은 역에서 멀지 않은, 길가에 있는 보쌈집으로 들어갔었다.

"뭐 먹지? 고기 먹을래?"

"어. 나 고기 되게 좋아해."

그래서 그냥 그렇게 보쌈집으로 들어갔다. 어쨌거나 그날 나는, 잘 다린 와이셔츠, 구두, 그리고 슈트를 입고 있었다. 그리고 서류 가방도.

P양은 편한 캐주얼 차림이었다.

"그런데 보험회사는 어쩌다 들어간 거야? 원래 생각이 있었던 거야?"

"전화 받고 면접을 봤는데 사무실이 멋있어서 얼떨결에 들어가게 됐어."

"그게 뭐야, 푸하하."

식당 안에서 나는 P양한테, 보험회사에 들어가서 흘러간 나날들에 대해. 그곳에서 있었던 이야기들을 들려주었다. 시간은 금방 흘러갔다.

그날 저녁을 먹고 나서, 저녁 값은 내가 계산했다. 나는 직장인이었기 때문이었다. 그리고 P양은 커피 값을 계산했다. 하지만 매장에 앉아 커피를 마실 시간은 없었다. 벌써 시간은 오후 8시 20분을 가리키고 있었다.

"아, 즐거웠다. 강의 시작하기 10분 남았네. 나 이제 들어가 봐야 될 것 같아."

"그래. 오랜만에 보니까 정말 좋다. 가끔 연락하고 지내자."

"그래. 만나서 반가웠어. 조심히 들어가."

그렇게 P양은 학원 건물로 들어갔고, 나는 노량진역을 향해 걸어갔다. 그리고 지금 생각해 보면, 아마도 내가 스물여섯 가을날, P양한테 메시지를 보낼 수 있었던 것은 내가 입고 있던 슈트와 구두, 그리고 서류 가방 때문이 아니었나 하는 생각이 든다. 나는 그저 P양한테 보통의 영업사원이 그러하듯 어쩌다 동창한테 메시지를 보내는, 그런 싱거운 영업사원으로 해석되기를 원했다.

그리고 P양이 학원 건물 안으로 들어가고 나서, 나는 노량진 안으로 들어가며 어안이 벙벙했었다.

'정말 만나고 말았네….'

그러나 두 번 다시 만나는 것은 쉽지 않은 일이라 생각했다. 어쩌다 한 번, 오랜만에 안부나 나눌 겸 저녁을 먹자는 말이 한 번 정도는 통하겠지만 두 번은 어려울 거라 생각했다. 만약 보름 뒤에 또다시 P양한테 저녁을 먹자고 부른다면, P양도 '어? 안습남 혹시 얘가 나를 좋아하나?' 이런 생각을 할지도 모를 일이었다. 그건 좀 부끄럽게 느껴진다.

그리고 다음 날, 아침 회의 시간. 내 입에서도 드디어 여자 고객 이름이 나왔다. 회의가 끝나고 나서 선배들이 마치 특종을 문 기자처럼 내게 관심을 보였다.

"오, 습남 씨! 웬일이야? 여자 고객을 만나고? 동네 친구야?"

그때 나는 묘한 우쭐함을 느꼈지만, 사무적인

톤을 유지하며 말했다.

"대학 동기인데 특별히 상품 설명은 안 하고, 저녁을 먹으며 친분을 다졌습니다."

그리고 그날의 소동은 그렇게 일단락되고 말았다.

그리고 그날 이후로 P양과 연락을 주고받은 적은 없었다. 하지만 가끔 P양 생각이 났다. 스물여섯 가을 노량진에서 재회했던 순간도.

스물일곱 봄. 나는 회사를 나왔고, 잠깐 아르바이트 생활을 했다. 그러다 그해 봄에 다시 새로운 회사로 들어가 일을 시작했고, 그러다 스물여덟 봄에 회사를 나와 노량진으로 돌아갔다. 그렇게 다시 공무원 시험 준비를 시작했다.

그러다 다시 P양을 만나게 된 것은 스물아홉 겨울이었다. 새해가 막 시작된. 나는 P양이 잘 지내고 있나 궁금하기도 했지만, 한편으로 P양한테 미안한 마음을 갖고 있기도 했었다. 한 번쯤 여자 고객 이름을 말하고 싶어서 P양한테 메시지를 보냈으니까. 그날, 아마도 P양은 10분을 남기고 강의실 안으로 들어가 원하던 자리에 앉지 못했을지도 모를 일이었다. 노량진의 학원 강의실은 30분 전에는 도착해야, 비교적 앞자리에 앉을 수 있기 때문에.

어쨌거나 불쑥 P양한테 "요즘 잘 지내?"라는 메시지를 보내고 나서 어쩌면 답장이 안 올지도 모른다는 생각을 했었다. 스물여섯 가을 이후로 긴 시간이 흘렀기 때문에.

그러나 P양한테 금방 답장이 왔고, 여전히 P양이 노량진에 있다는 걸 알게 되었다. 그리고 그날 밤, 나와 P양은 꽤 오랫동안 메시지를 주고받았다. 나는 회사를 나오고 나서 이런저런 일들을 하게 됐고, 그러다 다시 노량진으로 온 이야기를 했고, P양은 수험 생활을 하다 사정이 생겨서 도중에 1년 넘게 쉬었다가 다시 공부한 일 등. 나와 P양은 그간 흘러갔던 일들을 꽤나 오랫동안 주고받았었다.

스물여섯 가을처럼 P양과 메시지를 주고받는 것 자체가 내 맥박 수를 높이거나, 얼굴을 발갛게 달아오르게 하지는 않았지만, 그때 나는 P양한테 고마움을 느꼈었다. 그리고 설날이 다가왔다. 명절이 오면 노량진 학원가는 '특강'을 실시한다.

그러니까 2박 3일, 3박 4일 동안만 전체적인 걸 콕 짚어 주는 그런 강의였다. 수강을 하려면 한 과목당 2만 원을 지출해야 된다. 그때 나는 부족한 과목 한두 개만 간간이 강의를 들으러 노량진에 갔고, 나머지 시간은 동네에 있는 도서관에서 공부를 했다.

그런데 P양한테 깜짝 제안이 왔다.

"설 특강 같이 듣자!"

P양이 보낸 메시지에는 특강 일정표가 사진으로 첨부되어 있었다. 나는 당황스러우면서도 갑자기 두근거리기 시작했다. 그리고 P양은 A 강사가 하는 강의를 듣고 싶어 했다. 하지만 나는 그 과목은 자신이 있었고, B 강사가 하는 강의를 듣고

싶었다. 그래서 이렇게 말했다.

"그럼 너는 A 강사 듣고, 나는 B 강사 듣고, 끝나고 나서 같이 학원 앞에서 만나서 저녁을 먹는 거야. 콜?"

그러나 P양한테 이런 답장이 왔었다.

"혼자 듣기 싫어! 같이 듣자!"

순간 고민이 들었다. 어쩐지 내가 B 강사를 듣는다고 고집하면, P양은 설 특강 신청을 안 할지도 모른다는 생각이 들었다. 그 순간 2만 원을 내고, 다시 P양을 만날 수 있다면 충분히 지불할 수 있다는 생각이 들었다.

"좋아! A 강사 걸로 같이 듣자!"

"오케이!"

그리고 그렇게 나와 P양은 또다시 노량진에서 재회하게 되었다. 스물아홉 겨울, 이번에는 노량진역 앞이 아니라 학원 건물 안에서 P양과 재회했다. 나는 먼저 자리를 맡고 있었고, 집과 노량진 거리가 먼 P양은 나보다 조금 늦게 도착했다. 그리고 어쩐지 스물여섯 가을, 그때와 얼굴이 많이 달라진 나와 다르게 P양은 여전히 스물여섯 가을, 그때 그대로였다.

'여전히 예쁘구나….'

그리고 막상 P양이 내 옆자리에 앉자 기분이 조금 묘했었다. 대학 시절, P양 바로 옆에 앉아서 수업을 들어본 적은 없었다. 그러나 그런 로망이 노량진 학원 안에서 펼쳐질 줄은 몰랐었다. 그리고 사실 그때만 하더라도, 지금도 여전히 그렇지만, 여자와의 관계에 서툰 나는 이런 일회적인 강의가 끝나면 P양과 또 만나기는 어려울 거란 생각을 갖고 있었다.

그러나 그날, 강사는 강의가 끝나기 직전에 보충 강의가 있을 거라 말했다.

"내일 또 나오십시오. 보강이 잡혀 있습니다."

결국 그렇게 나는 또 P양을 만날 수 있었고, 어느 날은 P양이 내게 먼저 메시지를 보내기도 했다.

"오늘 저녁 같이 먹자."

그렇게 나는 생전 처음 여자가 먼저 제안해서, 단둘이 노량진 학원가에서 저녁을 먹기도 했었다. 그리고 시간은 봄에서 여름으로 빠르게 흘러갔다.

그리고 시험이 끝난 여름. 나와 P양은 결과가 좋지 않았었다. 그리고 P양은 노량진을 떠나려고 했다.

"난 이제 이런 반복되는 일상이 지긋지긋해. 나도 남들처럼 이제 회사에 다니고 싶어."

그리고 나는 그때 우스꽝스럽게, 나의 수험 생활이 훨씬 길다는 것을 말해주며 "며칠 전에 응시표 뽑으러 PC방에 가니, 사장님이 '어? 올해도 또 왔어?'라고 말하더라." 이런 농담을 던지며 분위기를 환기시키려고 했다.

그리고 그때 나는 1년 더 남기로 했고, P양은 새로운 직장을 찾아보고 있었다. 그때도 노량진이라는 공간 안에서 나와 P양은 종종 만났지만, 특별히 데이트라고 말할 수도 없는 싱거운 만남이었다.

같이 커피를 마시거나 수다를 떠는. 그러나 노량진이라는 무미건조한 공간 안에서 그때의 시간은 즐거운 기억으로 남아 있었다.

결국, P양은 원하던 회사에 들어갔다. 제법 규모가 큰 중견 규모의 회사였다. 그리고 나는 노량진에 혼자 남아 공부를 시작했다. 그 이후로 다시 한 번 노량진이 아닌 다른 곳에서 P양을 만나기는 했지만, 노량진에서 만나던 그때처럼 대화가 즐겁게 펼쳐지지는 못했었다.

직장인이 된 P양은 세련된 모습이었고, 나는 여전히 수험생활 혹은 강의와 관련된 이야기를 했다. 헤어지기 전에 또 한번 만나자고 했지만, 어쩐지 약속은 흐지부지되고 말았다. 시간이 흘러서 P양한테는 좋은 사람이 생겼다.

그렇게 스물아홉도 금방 흘러가버렸다. 그리고 어느 가을 저녁, P양이 보낸 메시지가 도착해 있었다.

"요즘 잘 지내?"

그리고 그날 저녁, 나는 오랜만에 P양과 그동안 흘러갔던 날들에 대해 안부를 주고받게 되었다. 그리고 즐거웠다. P양이 잘 지내고 있어서. 자신의 일상을 사랑하는 것처럼.

다음 날 아침. 거리에 서 있는 나무들의 잎들은 발갛고 노랗게 물들어 있었고, 출근을 하기 위해 차량에 올랐을 때 환한 가을 햇살이 출근길의 아침 풍경을 보여주고 있었다. 그리고 어느새 나의 기억 속으로 가을바람에 흔들리는 잎들의 작은 소리처럼 그날의 스쳐 갔던 추억들이 내게 작은 소리를 들려주고 있었다.

라디오

누구에게나 라디오 사연과 같은 일 하나쯤은 있다. 부끄러워서 말하지 못했던.

나는 진짜로 회사에 다니는 게 즐거웠다. 어떤 사람들이 이런 얘기를 듣는다면 당연히 이런 반응이겠지.

“뭐? 회사 나가는 게 즐겁다고? 참 희한한 사람이네.”

그러나 내가 회사를 나가는 게 즐거울 수밖에

없었던 이유가 있었다. 연말에는 워크숍을 갔었다. 강원도에 있는 스키장으로.

스키장에서 나는 멋모르고 중급자 코스로 올라갔다가 막상 내리막길을 보니 겁이 나서 장비를 벗고 뜀박질을 하며 내려왔다. 그 모습을 보던 선배가 내가 뛰는 모습을 사진 찍었다.

"푸하하! 습남 씨 진짜 웃겨!"

스키장에서는 스키도 타고, 1층에 있는 매점 의자에 앉아 팀 동료들과 함께 간식도 먹었다. 그리고 해가 저물 즈음 대절 버스를 타고 강원 정선 카지노로 이동했다.

화려한 조명. 그리고 파친코 기계에서 나오는 소리. 퀭한 눈빛들. 나는 기계에 3만 원 정도를 넣었고, 조금 따기도 하고, 조금 잃기도 했다. 시간은 잘 흘러갔고 결국 다 잃게 되었다. 카지노 안에는 음료수와 샌드위치를 파는 스낵바가 있었다.

1시간 정도 돌아다니다 보니, 집합 시간이 되었고, 지점 동료들은 일제히 카지노를 나와 버스 앞에 서서 단체 사진을 찍었다.

버스에 오르니, 마이크를 들고 있는 지점장이 말했다.

"딴 사람 손! 잃은 사람 손!"

딴 사람 할 때는 서너 사람 정도 손을 들었는데, 잃은 사람 하니까 나머지 전부가 손을 들었다. 그런데 재밌었던 게 딴 사람은 꽤 큰 액수를 땄다. 반면 잃은 사람들은 조금씩 잃었다. 잃은 사람들의 액수를 다 합해보니, 딴 사람들의 액수와 엇비슷했다.

"거 봐! 세상 사는 게 다 이렇다니까. 모두가 조금씩 잃고 한 놈만 다 갖는 거지."

지점장은 세상의 쓴맛에 대해 말할 때는 드라마의 대사처럼 말한다.

버스는 가드레일을 따라 밤이 깔린 도로를 내달렸고, 버스가 주차장에 들어서자 환한 리조트의 불빛이 보였다. 그리고 지점 동료들과 단체로 리조트 앞에 있는 고깃집으로 들어갔다.

고기는 맛이 좋았고, 2팀장은 테이블을 돌아다니며 숟가락으로 소주병을 탁탁 치며 맥주잔 위로 소주를 물총처럼 발사했다. 마치 그 모습이 묘기를 부리는 것만 같았다. 그리고 승진이 예정된 한 선배는 술을 너무 마시다 봉산탈춤을 하듯 자리에서 일어나 점프를 뛰면서 가게 밖으로 나가다 자빠져 팀원들이 부축한 다음 리조트 안으로 들어가기도 했다. 참 아름다운 밤이었다. 다들 술을 잘 마셨고, 내성적인 나는 알코올에도 제법 내성이 있어서 계속 마셨다. 별빛은 푸르렀고, 밤은 너울거렸다.

연초에는 지점 동료들과 다 함께 영화관을 갔다. 최신 개봉한 영화를 봤다. 유명한 배우가 나왔고, 500만 관객이 넘었던 누아르 영화였다. 그리고 겨울이 지나고 봄이 오기 전에는 1팀끼리 야유회를 갔었다. 얼음낚시도 하고, 썰매도 타고, 저녁에는 펜션 안에서 맥주를 마시며 주사위를 던지면서 보드게임을 했다.

하지만 나의 실적은 늘 저조했었다. 첫 달은 계약이 조금 있었지만, 그다음 달부터 계약이 거의 없다시피 했다. 그래서 한 달 수수료는 영 꽝이었고, 그때 영업에는 영 소질이 없다는 걸 알게 됐지만, 회사생활은 달콤했고 이 안에서 좀 더 머물고 싶다는 생각이 들었다.

그렇게 추억이 가득했던 겨울이 지나고 봄이 찾아왔다.

"활동 다녀오겠습니다! 수고하십시오!"

3팀 동기가 사무실 문 앞에 서서 큰 소리로 외쳤다. 그러자 사무실 책상에 앉아 있는 동료들이 답례를 해준다.

"수고하십시오!"

소리가 쩌렁쩌렁하게 울리고, 그것은 마치 전장에서 울리는 장구 소리처럼 에너지를 주는 무언가가 있었다.

그리고 나도 사무실 문 앞에 섰다.

"활동 다녀오겠습니다! 수고하십시오!"

"수고하십시오!"

그리고 사무실 밖으로 나가니 3팀 동기가 엘리베이터를 기다리고 있었다.

"오! 습남 형! 오늘은 어디로 가?"

"난 수원역."

"오늘은 AP야?"

"아니 FF."

입사 동기였다. 나보다 한 살 어리지만, 성격이 사근사근하고 농담도 잘하며, 가끔은 "오~ 습남 씨~." 하며 말을 재밌게 하는 친구다. 그렇게 나는 3팀 동기와 오늘의 일정에 대해 간단한 대화를 주고받았다. 참고로 AP는 고객을 만나 영업을 막 시작한 상태, FF는 영업이 어느 정도 진행된 상태를 의미한다. 꼭 마치 드라마에서 차트를 들고 대화하는 의료진이 된 것처럼 말했다.

그렇게 양복을 입고 서류 가방을 들고 대박빌딩 밖으로 나온 나. 하지만 갈 곳이 없었다. 하지만 갈 곳이 없다고 해서 사무실에 가만히 앉아 있으면 안 된다. 만약, 영업사원이 사무실에 그렇게 가만히 앉아 있으면 그 영업사원은 "저는 구조조정을 당하고 싶습니다."라고 동네방네 떠드는 꼴과 같다. 일단은 고객이 있는 것처럼 사무실 밖으로 나가야 된다.

하지만 갈 곳이 없다 보니, 어떨 때는 카페에서 죽치고 있을 때도 있고, 어떨 때는 몰래 집으로 가기도 했다. 서울역에서 하행선 열차 타기. 독산역에서 내리기. 그다음 마을버스 23번을 타고 집 앞에서 내려 집 안으로 들어가 간식을 먹거나 TV를 보며 시간을 때웠다. 부모님은 일을 나가셔서 집 안은 조용했고, 이렇게 몰래 시간을 보냈다. 하지만 오후 4시까지는 사무실 안으로 다시 복귀해야 된다. 영업 활동 보고도 해야 하고, 저녁 회의도 있고.

시간이 흘러서 나의 이러한 사연을 알게 된 동

네 친구는 이렇게 말한다.

"회사 나갔다가 집으로 와서 TV 보다가 다시 회사로 나가는 놈이 대한민국에 너 말고 또 누가 있겠냐."

"그래…. 나 건달 양아치다, 됐냐."

그러나 이런 건달의 날도 하루 이틀이지, 계속 이렇게 살 수는 없었다. 나라고 언제까지 이렇게 바보처럼 살까.

그리고 어느 봄날 저녁, 팀 회식이 있을 때 느끼게 되었다. 선배들과 동료들은 제각기 실적에 대해 이야기를 하고 있었다. 그러나 나는 그저 술도 마시고, 고기를 먹으며, 회식 분위기를 즐기고 있을 뿐이었다. 내가 입은 양복도, 서류 가방도, 나의 일상 모든 것이 가짜처럼 느껴졌다. 그래서 들통나는 게 무서웠는지도 모른다. 회식을 마치고 집으로 가는 길에 라디오 속의 한 사연이 떠올랐다.

학교로 가는 길. 버스 안에서 들었던. 나는 라

디오 듣는 걸 좋아했다. 내가 있지 않았던 시간과 공간 속에서 흘러갔던 감정을 느낄 수가 있기 때문에. 그리고 나는 스무 살의 어느 봄날, 한 아저씨의 사연을 들을 수 있었다. 자신의 스무 살 시절을 기억하는.

아저씨는 시골에서 부모님과 함께 농사를 지으며 살았다. 스무 살이 된 아저씨는 서울에 대한 동경심이 있었다. 그래서 부모님의 허락을 받고 서울로 올라왔다.

그리고 서울로 올라와서 본 것은 삼삼오오 걸어다니는 젊은 학생들이었다. 그 시절은 어려운 시절이라 대학을 간다는 것이 쉽지 않았던 것 같다. 어느 날, 아저씨는 어쩌다 어느 한 대학의 교정 안으로 들어가 보게 되었고, 그렇게 가짜 대학생 생활을 시작하게 되었다고 한다. 강의실에 앉아 듣던 수업은 어려웠고, 이해가 되지 않았지만, 그곳에서 만난 친구들과 함께 걸었던 오후 교정의 풍경은 아름다웠다고 했다. 그리고 친구들과 함께했던 봄날은 즐거웠다고 했다.

아저씨는 어느 봄날, 친구들한테 진실을 말하고 떠나려고 했지만, 갑자기 강의실로 들이닥친 교직원한테 가짜 학생이란 것이 발각되어 수업 도중 초라하게 쫓겨나게 되었다고 한다. 그날의 뒷모습은 오랫동안 상처로 남았지만, 시간이 흘러, 고등학교와 대학교에 다니는 두 딸의 아버지가 된 아저씨는 지금 그때 친구들한테 진실을 말하지 못해 미안했고, 짧았지만 스무 살 봄에 흘러갔던 그날의 풍경들이 이따금 떠오를 때가 있다고 했다.

호수에는 벚꽃이 가득 펴 있었고, 버스의 창밖으로 봄 햇살이 눈부셨다. 스무 살 봄. 그날, 내가 버스에서 내려 보았던 것은 교정을 걷던 연인들과 젊은 친구들의 모습이었다. 평범한 풍경을 싱그럽게 해주는.

주말이 흘렀다. 월요일 아침. 결국, 나는 결심을 하게 되었다. 서류 가방을 들고 회사 사무실로 들어온 나는 팀장님한테 말했다.

"죄송합니다. 이제 회사를 나가봐야 할 것 같습니다."

처음에는 말하기 어려웠지만, 용기를 내니 마음이 편해졌다.

"그래. 습남이는 성실하고 꼼꼼한 성격이라 다른 곳을 가더라도 잘할 거야."

그리고 나는 그날 점심. 해촉서를 작성했고, 동료들이 활동을 나간 텅 빈 사무실에 남아 서류 가방에 나의 개인 용품들을 담았다. 그리고 대박빌딩을 나오니 점심 햇살이 눈부셨다.

하지만 일요일에 한 번 와야 했다. 아직 남은 용품들이 있기 때문이었다. 그리고 일요일 사무실에 나오니 몇몇 동료들이 책상에 앉아 일을 보고 있었다.

나는 남은 용품들을 서류 가방에 전부 담았고, 평소 빈 서류 가방을 들고 다녔지만 서류 가방이 제법 꽉 찬 상태로 볼록해져 있었다. 그리고 평소

팀이 달라 많은 대화를 나눌 수 없었던 다른 팀의 동료들을 보며 마지막 인사를 했다. 퇴사를 한다고 말하지 않고 나도 모르게 또 거짓말을 하게 됐다.

"활동 다녀오겠습니다. 수고하십시오!"

퇴장하기 전 사무실 문 앞에 서서 마지막으로 한 말이었다. 그러자 평소와 달리 자리에서 일어난 몇몇의 동료들이 방긋 웃으며 인사했다.

"수고하십시오!"

아마도 월요일부터 회사를 안 나왔으니 내가 회사를 그만뒀다는 걸 알고 있었던 듯했다. 그렇게 나는 사무실을 나와 엘리베이터를 탔다. 어쩐지 마지막 장면까지 근사한 곳이라는 생각이 들었다.

대박빌딩을 나와 나는 버스 정류장을 향해 걸어갔다. 월요일 점심. 나는 동료 B한테 퇴사 사실을 말하지 않았다. 퇴사할 때는 조용히 나가는 것이 보험회사의 불문율이라.

그날, 나는 동료 B한테 넌지시 물었다.

"목돈은 좀 모았냐?"

동료 B는 빙그레 웃으며 말했다.

“쉽지 않아. 더 열심히 해야지.”

버스는 어느새 다가왔고, 버스의 창가로 봄 햇살이 들어왔다. 그리고 창밖으로 보인 빌딩과 도로 가로수의 풍경들이 다시 새롭게 보이기 시작했다. 그리고 말하지 못했었지만, 말하고 싶었다. 함께하며 즐거웠던 추억들은 진짜였다고.

계속되는 모험

스물일곱 봄. 나는 회사를 나왔다. 하지만 이제 학생 신분도 아니었다. 그리고 어느 날 밤, 나는 혼자 바(Bar)를 찾았다.

바에는 Edward Hopper의 「Nighthawks」 그림이 걸려 있었다. 나는 '블루 하와이'를 주문한 다음 칵테일을 마셨다. 불빛은 몽환적이었다. 그리고 Tony Bennett의 「The Good Life」가 흘러나왔다.

그리고 어쩐지 멀리서 바닷소리가 들리는 기분

이 들었다. 나는 햇살에 눈을 떴고, 모래사장에 누워 있던 나는 차츰 나의 머릿속으로 난파된 배와 항해의 여정이 지도처럼 펼쳐지는 듯한 기분을 느꼈다. 술이 머리에 주는 알딸딸한 통증과 함께.

그렇게 나는 기억의 물결을 타고 다시 스물셋 여름으로 건너갔다. 동네 사거리에는 네온사인 빛이 흐르고 있었고, 우리 다섯은 맥도날드 앞에 서 있었다.

현태와 현식이 그리고 광수와 광태 녀석이었다. 오늘은 현식이 녀석 생일이었다. 광수가 근처 빵집에서 산 케이크를 들고 있었다. 그리고 우리 다섯은 곧장 '형님네 포차'로 이동했다. 현식이는 넉살이 좋은 녀석인데, 동네에 있는 한 호프집 사장님과 호형호제하는 사이가 되었다. 우리 중에서 현식이가 제일 멀쩡한 편이었다. 여자 친구도 있고.

그날은 현식이가 자신의 여자 친구를 소개해 준다고 했다.

"이따가 여자 친구 올 건데 괜찮지?"

나머지 넷은 모두 괜찮다고 했다. 그렇게 사거리 골목길 안으로 들어가야 나오는 아담하고 손님이 별로 없는 조용한 실내포차 안에서 안주 몇 개를 시키고 소주를 마시고 있었다. 자랑은 아니지만, 나는 동네 친구들과 술을 마실 때 보통 유머를 담당하는 사람이었다. 그에 반해 현식이는 썰렁한 편이었다. 나는 가끔 현식이가 썰렁한 농담을 펼칠 때면 친구끼리 흔히 할 법한 장난스러운 야유를 보내고는 했다. 그럴 때면 광수와 광태도 함께 웃음을 터뜨렸다.

어쨌거나 그날, 우리 다섯은 테이블에 둘러앉아 소주를 마시고 있었고, 조금 있다가 포차의 문이 열렸다. 그리고 현식이의 여자 친구가 들어왔다.

"둘이 어떻게 사귀게 된 거야?"

"응. 내가 편의점 알바할 때 손님으로 왔었는데 서로 관심 갖게 돼서 사귀게 됐어."

현식이는 심플하다는 듯 대답했다. 하지만 그 이

후로 냉동실 안으로 들어간 것처럼 포차의 분위기는 차갑게 가라앉고 말았다. 나를 포함해 나머지 셋 누구도 재미난 말을 좀처럼 꺼낼 기미를 보이지 않았다. 현식이는 호기를 부리듯 말했다.

"다들 왜 이렇게 조용해? 평소처럼 해."

나는 식은땀이 흘렀다. 옆에 앉아 있던 광수가 말했다.

"습남아, 네가 뭐라도 좀 해 봐."

내게 부탁하는 어조로 말했다. 나는 공연히 난감함을 느꼈다.

'꼭 이럴 때만 나를 찾아!'

그래도 명색이 '유머 부장'인데 뭐라도 해야겠거니 싶어서 농담을 던졌지만, 꽁꽁 언 겨울 바다에 작은 돌멩이를 던지는 것만 같았다. 현식이 여자 친구의 얼굴은 아무런 미동이 없었다. 다시 분위기를 띄우려고 했지만 속수무책이었다.

그리고 다시 실내 포차의 분위기는 어색한 공기만 흘렀다. 하지만 나는 이번에는 농담을 하지 않았다.

무미건조한 말이었다. 이를테면 "안주가 조금 적네요."라든지 아니면 "무뼈 닭발이 생각보다 맵네요."와 같은 아무 의미 없는 말을 던졌다.

그러자 현식이 여자 친구가 느닷없이 "깔깔깔!" 큰 소리를 내며 웃음을 터뜨리기 시작했다. 나는 혼란스러움을 느꼈다. 그래서 다시 분위기를 이어가려고 농담을 던져봤지만, 이번에는 그녀의 표정은 다시 영국 왕실의 근위병처럼 미동도 없이 굳어 있었다. 결국, 우리 넷은 꼭 마치 천일야화에 나오는 늙은 왕의 부탁으로 공주를 웃겨야 하는 임무를 부여받은 옆 나라 젊은 청년들이라도 된 것처럼 혼신을 다했지만, 그녀를 웃게 한다는 건 역부족이란 걸 알게 되고 낙담에 빠져 있었다.

그리고 어느새 현식이는 "그럼 나는 이만."이라는 말만 남기고 여자 친구와 함께 포차를 빠져나갔다. 그리고 우리 넷은 서로 멀뚱멀뚱 쳐다만 보다가 술잔을 조금씩 들이켰다.

술을 다 마시고 포차를 나와 집으로 향하는 길

에 광수가 물었다.

"너 오늘 평소보다 농담을 잘 못 하더라."

광수의 말에 나는 찔끔했다. 그리고 쓸쓸히 말했다.

"미안…. 조금 긴장해서 그런가 봐."

광수는 1/4 정도 남은 케이크를 비닐봉지에 담아 갖고 나왔다. 우리는 골목길의 오르막길을 걸으며 이런저런 대화를 나눴다.

그리고 눈을 떠보니, 광수도, 광태도 그리고 현태도 어딘가로 떠나 있었다. 스물셋 여름은 금방 지나갔고, 나의 배는 기억의 물결을 타고 파주 임진강을 향해 건너갔다. 스물여덟 겨울이었다. 그때 현식이는 파주에 있었다. 현식이는 이직이 잦은 편이었다. 언젠가는 포항에서 뱃일을 했고, 언젠가는 평택에서 물류 일을 했고, 스물여덟 그해 겨울에는 파주에서 전기 일을 하고 있었다. 돈을 모으면 가게를 차릴 거라고 말하며.

"이야, 진짜 반갑다."

"거의 1년 만인가."

동네에 있을 때는 한두 달에 한 번은 꼭 만났는데, 녀석이 지방에서 일을 다니느라 좀처럼 만나는 게 쉽지 않았었다. 그날, 현식이는 아는 동생들 두 명을 소개해줬다. 그곳에서 일하는 동생들이라고 했는데, 나보다 두 살 어렸다. 우리 넷은 파주에서 술을 거나하게 걸쳤고, 동네 오락실에서 게임도 했다. 그리고 나는 문산역 부근에서 경의선행 열차를 타고 집으로 향했다. 디지털미디어시티역. 신도림역. 독산역. 이런 식으로 환승을 하면서.

스물여덟. 그해 겨울도 빠르게 흘렀다. 그리고 나는 다시 임진강 물결을 타고 나아갔다. 서른이 되니, 동네 친구들은 세월의 물결을 따라 어딘가로 다들 흘러가 버렸다. 노를 저으며 나는 시를 읊조렸다.

바다는 그대로인데,
배는 세월처럼 무심히 가는구나.

언젠가 한 번 남해 바다를 보러 혼자 놀러 갔을 때 호텔 밖으로 보이던 바다와 수평선 너머 사라지던 유람선이 보여준 풍경이 떠올랐다.

그리고 어쩌다 가끔 스물셋 여름, 그날의 실내포차 풍경이 떠오를 때가 있다.

'근데 그날 왜 그랬지?'

가끔 나는 현식이가 여자 친구와 함께 일부러 나를 골탕 먹일 목적으로 테이블 아래서 둘이 손으로 수신호를 보내며 내가 농담을 던질 때는 가만히 있고, 내가 당황스러워하며 조심스럽게 말할 때는 막 깔깔 웃고 하는 식으로 장난을 친 게 아닌가 하는 생각이 든다. 그럴 때면 바보 같은 내 모습에 웃음이 흘러나온다. 나한테 성공을 하고 싶다고 했었나. 시간이 흘러서 진귀한 보물을 챙겨 부둣가로 오는 선장처럼 그가 건실한 모습으로 나타나 다시 한 번쯤 동네에서 술 한 잔을 하고 싶다. 둘 중 하나 쓰러질 때까지 마셔도 좋고.

임진강

임진강이 흐르는 문산은 내게 특별한 장소다. 친구 현식이가 일했던 곳이기도 하고, 내가 복무했던 부대가 있는 곳이기도 하다. 그리고 멋있는 전우를 만난 곳이기도 하다.

스물한 살 겨울. 미니버스의 창밖으로 햇살에 반짝이는 임진강 물결이 보였다. 미니버스 안은 스무 명가량의 장정들이 타 있었지만 다들 아무 말이 없었다. 훈련소로 향하는 군용 버스 안에 앉아 있던 스물한 살, 스물두 살의 청년들은 다들 긴장하고 있었던 것 같다.

군용버스는 훈련소에 도착했고, 컨테이너로 지은 낡은 막사와 연병장이 보였다. 바닥에 가득한 흙과 낡은 건물 그리고 뒤에 서 있는 먼 산은 꼭 지어진 지 오래된 시골 학교의 모습을 떠올리게 했다. 그리고 그곳에서 훈련소 생활이 시작되었다.

첫 주에는 제식훈련을 했고, 두 번째 주에는 사격훈련을 했었다. 그리고 나는 훈련병으로서 영 꽝인 그런 녀석이었다. 두 번째 주에 사격훈련을 하던 날이었다. 교관의 지시에 따라 바닥에 납작 엎드린 채 '엎드려 쏴' 자세로 표지에 세 발을 쐈지만, 어쩐지 총알이 마술사의 손에 들어간 동전처럼 감쪽같이 사라져 있었다. 사격이 끝나고 나서 표적지를 교체할 때 교관은 미스터리 시리즈를 본 것만 같은 표정을 하고 있었다. 하지만 곧 의문이 해소되고 말았다. 옆 사로. 그러니까 내 옆에서 사격을 했던 136번 훈련병 박 군의 표적지에 총알여섯 발이 박혀 있었기 때문이었다.

"안습남 훈련병."

교관의 낮게 깔린 목소리를 들으며 어떤 일이 펼쳐질지 예감이 들었다.

"예! 135번 훈련병 안습남!"

"안습남 훈련병."

"예! 135번 훈련병 안습남!"

"사격장 밑으로 내려가서 엎드려뻗쳐."

그러다 어느새 세 번째 주 훈련도 지나가고 말았다. 수류탄 던지기 훈련을 받았던. 그리고 네 번째 주 훈련은 각개전투 훈련이 있었다. 그리고 그 사이 주말.

저녁 점호를 할 때 조교가 푸른색 박스를 들고 생활관 안으로 들어왔다. 그리고 터프하게 내팽개치듯 무거운 박스를 바닥에 툭 던졌다.

"다들 자기 사이즈에 맞게 한 벌씩 챙기도록."

저녁 점호는 총기 유무와 인원 점검을 하기 위해 실시된다. 분실된 총기는 없는지, 이탈한 장정은 없는지. 물론 매일 아침과 저녁마다 하는 것이라 조금은 형식적으로 흘러간다. 그리고 저녁 점호를 할 때면 하루 훈련을 마치고, 생활관 침상 바닥에 앉아 처음 만난 '팔도 청년'들과 얼굴을 마주본 채 재미난 서커스 구경이라도 한 것처럼 서로 킬킬거리고는 했다. 처음에는 어색했지만, 한 주가 흘러갈수록 고향 친구라도 된 것처럼 익숙해져 있었고, 점호가 끝나고 전등이 꺼진 생활관 안에서는 뭐가 그렇게 즐거운지 소곤소곤 별의별 이야기들이 허풍과 과장으로 별처럼 빛을 내고 있었다.

어쨌거나 그날 저녁, 파란색 상자에는 훈련복이 들어가 있었다. 생활관 인원수에 맞게 스물다섯 벌 정도가. 그리고 조교가 생활관을 나가자마자 다들 우르르 달려들어 한 벌씩 훈련복을 집었다. 나는 왜 잽싸게 행동하지 않았는지 모르겠다. 그냥 막연하게 상자 안에 어련히 사이즈에 맞는 한 벌의 옷이 있겠지, 생각하며 느긋했던 것 같다. 다른 전우들이 제각기 한 벌씩 훈련복을 챙겨 갔고,

상자 안에는 단 한 벌의 훈련복만 남아 있었다. 그리고 그것을 집는 순간 난감함을 느꼈다. 씨름 장사가 아니고서야 입을 수 없을 정도로 너무 큰 옷이었기 때문이었다.

네 번째 주에는 각개전투 훈련을 한다. 각개전투 훈련은 땅바닥에 엎드린 채 뒤로 구르기도 하고, 철조망이 깔려 있는 진흙탕이 고인 곳을 엉금엉금 기어서 지나가야 된다. 그러니까 훈련복이란 소위 '개구리'라 불리는 전투복과 외양은 비슷하지만, 각개전투 훈련용으로 지급된 옷이었다. 말하기 복잡하지만, 훈련소에서 훈련병들은 두 벌의 전투복을 가지고 있다. 한 벌은 보충대에서 받는 옷이고, 새로운 한 벌은 훈련소에 입소해서 받는 옷이다.

어쨌거나 훈련복의 사이즈가 너무 큰 나머지 나는 황급히 행정반으로 달려갔다. 행정반 안에는 조교가 앉아 있었다. 그리고 훈련복의 사이즈가 너무 커서 입을 수 없다고 말했지만, 조교한테 돌아온 말은 벨트로 꽉 조이라는 말뿐이었다. 그래서 벨트로 조여도 바지가 흘러내린다 말하니, '더 꽉 조이라는' 대답만 돌아왔다. 훈련병 시절에는, 조교라는 존재가 그림자도 밟기 힘든 되게 신성한 존재처럼 느껴지지만, 훈련소를 벗어 나와 자대에서 군 생활을 하다 보면, 훈련소에서 보았던 조교들도 같은 병사 신분이라 복잡한 문제 앞에서는 별다른 재량권이 없다는 걸 알게 된다.

어쨌거나 그날 밤, 나는 한 번 더 무지막지하게 큰 훈련복을 입어보았지만, 훈련을 받으면서 뜀박질을 할 때마다 흘러내릴 바지를 생각하니 눈앞이 아찔하기만 하였다. 그러다 무슨 뾰족한 수를 발견하기라도 했는지, 푹 잠을 잘 수 있게 되었다. 나의 해법은 그냥 전투복을 입고 훈련을 받으러 나가는 것이었다. 왜냐하면, 멀리서 보면 전투복이나 훈련복이나 외양이 같아서 티가 나지 않기 때문이었다. 마치 새로 산 청바지와 입은 지 오래되어 해진 청바지의 차이쯤이라고 해야 되나.

그리고 네 번째 주도 무사히 지나갔다. 진흙탕을 구르며 나의 전투복은 흙으로 얼룩이 져 있었다. 그리고 금요일 밤, 조교가 다시 파랑 상자를 들고 생활관 안으로 들어왔다.

"여기다 모두 훈련복 담도록."

텅 빈 파란 상자에는 어느새 훈련복들이 겹겹이 쌓였다. 그리고 그 안에 나의 전투복도 들어가 있었다. 내가 태평성대일 수 있었던 것은 빨래와 소독 과정을 거치고 나서 다시 나의 전투복이 품 안으로 돌아올 거라 생각하고 있었기 때문이었다.

하지만 일요일이 되어도 나의 전투복은 돌아올 생각을 하지 않았다. 그동안 나는 한 벌의 전투복으로 생활하고 있었다. 큼지막한 훈련복은 전투복이라도 된 것처럼 생활관 관물대 옷걸이에 얌전히 걸려 있었다. 그러다 뭔가 이상한 예감이 들었다.

"어? 근데 왜 훈련복 안 오냐?"

일요일 점심. 나는 느긋하게 생활관 침상 바닥에 앉아 있었고, 옆자리에 앉아 있던 박 군한테 물었다.

"온다니? 그게 무슨 말이가? 벌써 빨래 끝나고 막사 밖에서 건조하고 있다 아이가. 이제 다 수거해 가는 거지."

순간 눈앞이 캄캄해졌다. 그리고 나는 자초지종 설명했다.

"참말이가, 진짜 골 때리네."

"큰일 났다…."

만약에, 이대로 나의 전투복이 훈련복 사이에 섞여 어딘가로 사라진다면 나는 한 벌의 전투복으로 남은 군 생활을 나야 했기 때문이었다. 물론 자대로 가면 겨울용 동계 전투복이 아닌 여름용 하계 전투복 두 벌이 더 지급되기는 하지만.

어쨌거나 나는 부리나케 막사 밖으로 뛰쳐나갔다. 그런데 그때 뒤를 돌아보니, 박 군도 함께 달리고 있었다.

"어? 왜?"

나는 당황한 듯 물었고, 박 군이 대답했다.

"도와주려고!"

"고맙다!"

그렇게 나와 박 군은 막사 밖으로 나와 바닥에 널브러진 훈련복들을 헤집었다. 그때 박 군이 왜 날 도와줬는지 모르겠다. 아마도 내가 훈련을 받으면서 바보 같은 모습을 자꾸 보여서 그런 걸지도 모르겠다. 겨울 아침 햇살은 눈부셨고, 막사의 처마 밑으로 고드름이 보였다. 그리고 찬바람에 손등은 발갛게 물들 정도였다.

그러다 10분 정도 지났을까. 박 군이 소리쳤다.

"찾았다!"

개구리 모양의 수많은 훈련복들. 그 사이 옷 치수가 표기된 라벨에 유성 매직으로 적은 나의 이름 안습남 세 글자가 보였다. 나의 전투복이었다.

"오오… 정말 고맙다."

나는 감격스럽게 대답했다. 하지만 이런 모습을 교관한테 걸리기라도 한다면 큰일 난다. 나는 황급히 생활관으로 달려가 옷걸이에 걸려 있던 훈련복을 뺀 다음 다시 막사 밖으로 뛰쳐나갔다. 그렇게 한바탕의 소동이 끝나고 다시 전투복은 나의 품 안으로 돌아왔다.

다섯 번째 주에는 30km 야간 행군 훈련을 했다. 마지막 훈련이었다. 그리고 수료식이 있었다. 수료식이 끝나고 나니 연병장으로 수십 대의 미니버스가 당도해 있었다.

"잘 가그래이. 남은 군 생활 잘하고."

"고맙다. 너도 몸 건강하게 전역해라."

그리고 나와 박 군은 서로 다른 미니버스에 올랐다. 버스 안에는 또다시 스무 명가량의 청년들이 타 있었다. 그리고 버스는 각자의 자대를 향해 출발했다. 그리고 훈련소를 나온 버스는 임진강의 다리를 넘어가고 있었다. 버스의 창밖으로는 저녁노을 햇살 아래 땀방울을 흘리며 달리던 장정들이 보였다. 그리고 그런 풍경들이 잠깐 머뭇거리다 사라지는 환영처럼 아른거렸다. 스물한 살 겨울에 흘러갔던.

동창과 고객

시간이 흘러 이따금 스물여섯 가을에 흘러갔던 날들이 갈림길처럼 느껴질 때가 있다. 그날, 대박생명 서울 지점 영업사원이 되지 않았다면 나의 기억 속에는 어떤 풍경들이 채워져 있을까 문득 궁금해질 때가 있다. 그러면서 로버트 프로스트의 「가지 않은 길」이 떠올라, 그때 그날들이 없었다면 지금의 나는 어떤 길을 걷고 있을까 하는 생각이 든다.

신입 시절 새로운 동료들을 만나고 나서, 삶을 이루고 있던 알이 깨지고 그 바깥으로 멋진 신세계가 출현한 기분을 느끼었다. 그러나 그날들이 꼭 밝게 흘러갔던 것만은 아니었다. 지인 영업을 하다 보면 동창들한테 전화를 걸어야 할 때가 있다. 그러면 다들 처음에는 무슨 영문인지 모르겠다고 얼떨떨한 반응으로 전화를 받지만 이내 내가 보험회사 영업사원이라는 사실을 알고 나면 "어, 나 지금 바빠서." 하는 식으로 전화를 먼저 끊기 마련이었다.

그러던 어느 날, 나는 김 군과 통화를 하게 되었다. 김 군은 고등학교 시절, 같은 반이었던 단짝 친구였다. 학교를 졸업하고 나서는 연락이 뜨문뜨문해지며 기억 속에서 잊혀갔지만, 그해 가을 김 군과 통화를 하면서 마치 나의 머릿속에서는 전구가 켜져 주위의 풍경이 환해진 기분이 들었다. 장난스럽고 순수했던 고등학교 시절의 교실 풍경이었다.

어쨌거나 김 군은 내가 보험회사 영업사원이라는 신분으로 전화를 걸었음에도 면박을 준다거나 혹은 문전박대를 하듯 전화를 끊지 않았다. 오히려 "아하, 마침 나 보험 상품을 알아보고 있었어." 하며 기다리던 사람이 제때에 온 것처럼 반가워했다. 그때 아마도 나는 김 군한테 계약 실적 때문에 전화를 건 보험회사 영업사원보다는 그냥 보험회사에 다니는 동창쯤으로 해석되기를 원했다.

그리고 한 주가 지나서, 나와 김 군은 구로역에서 만나게 되었다. 김 군은 구로역 인근에 있는 조그만 가구회사에 다녔다. 구로역 인근에 있는 냉면집 안에서 김 군과 냉면을 먹고 나서 "월납 7만 원"이니 "10년 납"이니 이런 숫자에 관한 말들을 주고받는 것이 참 신기하게 느껴졌던 것 같다. 김 군은 어쩐지 변함없이 그대로인 듯하면서도 무언가 달라진 것 같은 그런 분위기를 풍기었다. 아마 양복을 입고 서류 가방을 들고 있던 나도 김 군한테 그렇게 보이지 않았을까?

보험회사 사무실 안. 계약 실적현황판에는 동료들의 바둑돌은 쫙쫙 올라가 있었지만, 나의 바둑돌은 보이지 않았다. 김 군을 만날 때만 하더라도 너무 무리하게 상품에 관한 이야기를 하고 싶은 마음은 없었다. 그건 나의 자존심이기도 했다. 하지만 그날, 김 군은 "마침 연금보험 상품 하나를 알아보려고."라는 식으로 상품 가입 의사를 드러냈었다. 오히려 김 군의 그런 가입 의사는 과장되고 노골적이어서 내가 고객이고 혹시 녀석이 영업사원이 아닐까, 헷갈릴 정도였으니까….

어쨌거나 김 군은 확실한 원칙을 제시했다. 나는 이것을 원칙이라고 표현하고 싶다. 요컨대 김 군은 최대한 납입 기간이 짧았으면 좋겠다고 했다. 그리고 금액도 한 5만 원 정도를 생각하고 있다고 했다.

그날 점심, 나는 김 군과의 점심 식사를 마치고 나서 사무실로 복귀한 다음 컴퓨터를 켜고 사내 인트라넷에 접속했다. 사내 인트라넷에 접속한 이유는 '상품 입력 프로그램'을 실행하기 위해서였다. 간단히 말해서 보험 상품에 관한 상품 설명서와 계약서는 이 프로그램에서 입력한 대로 출력된다.

예를 들어 이런 식이다.

· 고객명: 김 군 · 가입 상품: 튼튼 연금보험
· 납입 기간: 10년 · 월 납입료: 5만 원

이렇게 프로그램에 숫자를 기입한 다음 '출력' 버튼을 누르면 인쇄기에서 용지가 나온다. 3년 동안 보험금을 부을 시, 5년 동안 부을 시 각각 환급금은 얼마나 누적되고, 보험금 지급 사유 발생 시 보장받을 수 있는 금액이 얼마인지 이런 것들에 관한 정보가 담긴 종이들이.

그리고 아마 나흘이 흘렀다. 나와 김 군은 또다시 구로역에서 만났는데, '납입 기간 10년, 월 납입료 5만 원'인 튼튼 연금보험 상품을 검토하듯 보고 나서, 고개를 살짝 가로저었다.

그러면서 납입료는 마음에 들지만, 납입 기간을 조금 더 줄일 수 없냐는 요청을 했었다.

그러나 그때만 하더라도 나는 모르고 있었다. 기계도 '자신만의 원칙'을 갖고 있다는 것을. 그날 점심, 김 군을 만나고 나서 사무실로 복귀한 다음 나는 마찬가지로 사내 인트라넷에 접속한 다음 프로그램을 실행했다. 화면 창에는 똑같은 목록들이 나왔다.

- 고객명:
- 가입 상품:
- 납입 기간:
- 월 납입료:

그러나 이상한 일이 발생했다. 납입 기간을 10년에서 5년으로 줄이고 나니, 5만 원이었던 월 납입료가 10만 원으로 자동 상향 조정되어 있었다. 그래서 다시 7만 원으로 수정을 하려고 하니 "Error" 표시만 떴다. 마치 불청객을 거부하는 완고한 문지기 같았다. 나중에 알게 된 것은, 나중이라기보다는 그날 저녁이지만, 어쨌거나 상품도 자신만의 규격을 갖고 있다는 것이었다. 그 규격을 벗어날 수는 없는 법이었다. 마치 에어컨 리모컨으로 온도를 23도로 맞출 수도 있고, 17도로 맞출 수도 있지만, 영하 50도까지 내리는 건 기계한테 불가능한 일처럼.

그래서 그날 저녁, 나는 바로 김 군한테 전화를 걸었고, 납입 기간을 원하는 만큼 줄이다 보면 월 납입료가 상향될 수밖에 없다고 말해주었다. 김 군은 반응은 "최대한 좀 줄일 수 있는 대로…." 두루뭉술하게 말하는 바람에 나는 확고한 기계와 변덕스러운 인간 사이에서 줄다리기를 하는 수밖에 없었다. 이럴 때 현명한 조정안은 어떻게 나오는 것일까.

결국, 인쇄기는 또다시 새로운 용지를 뽑아야 했다. 눈물 나는 노력. 나는 A안과 B안을 뽑았다. 하나는 납입 기간이 5년이지만 월 납입료는 10만

원, 다른 하나는 납입 기간이 7년, 월 납입료는 7만 원인 상품이었다. 우리는 다시 나흘 뒤에 만났다. 그리고 김 군은 그제야 수락을 했다.

· 납입 기간: 7년 · 월 납입료: 7만 원
· 가입 상품: 튼튼 연금보험

드디어 계약서에 사인을 받았다. 그리고 그날 점심, 사무실로 복귀해 계약서를 지원 부서에 제출했고, 실적현황판에 하나도 없었던 나의 바둑돌이 조금 올라가 있었다. 동료들에 비하면 조족지혈 수준이었지만.

그러나 그것은 또다시 모래성처럼 박살나고 말았다. 1시간 후. 지원 부서 채 주임한테 사내 인트라넷으로 쪽지가 도착했다.

"김 군 고객님은 가입과 취소를 반복하는 블랙 컨슈머예요. 개별적으로 확인 부탁드립니다."

충격이었다. 녀석이 블랙 컨슈머였다니…. 기업

은 데이터베이스가 존재한다. 그러니까 만약, 내가 계약서를 지원 부서에 제출하면 지원 부서는 본사로 계약서를 전송한다. 그러면 본사는 계약서와 고객의 정보를 검토한 후에 최종적으로 승인을 내린다. 그리고 기업의 데이터베이스에 따르면 김 군은 가입과 취소를 반복하는 블랙 컨슈머라고 했다. 기계는 거짓말을 하지 않는 법이다.

결국, 나는 화들짝 놀라 엘리베이터를 타고 1층으로 내려갈 수밖에 없었다. 그리고 황급히 김 군한테 전화를 걸었다. 그때 나는 꽤나 다급해 있었다.

"김 군아, 지원 부서에서 네가 블랙 컨슈머라는 통보가 왔다. 너 진짜 가입하려고 그러는 거야? 왜냐하면, 네가 가입했다가 취소를 하게 되면 내가 아직 신입이라서 인사상의 불이익 조치를 받을 수가 있어."

물론 고객이 상품에 가입했다가 취소를 한다고 해서, 신입 영업사원이 인사상의 불이익을 받지는 않는다. 영업사원한테 불이익이라고 한다면 환

수 조치인 것인데, 만약, 계약에 따른 수수료를 받았는데 고객이 가입 취소를 한다면 받았던 수수료에 대한 환수 조치가 이루어지기는 하지만, 이런 경우 나는 수수료를 받지 않았으니 수당금을 도로 뱉어낼 일도 없는 셈이었다. 하지만 김 군이 정말 상품에 가입할 것인지, 아니면 또 취소를 할 생각인지 녀석의 진심을 알아야 할 필요는 있었다. 그래서 나는 거짓말을 할 수밖에 없었다.

그리고 내가 이런 강수를 두자 김 군은 실토했다.

"미안…. 사실 돈이 없어서…."

그리고 나는 할 말을 잃었다. 그렇게 허무하게 통화는 끝이 났다.

그날 밤, 나는 사르트르는 아니지만 인간 실존과 허무, 고독 그리고 삶에 대해 염세적인 방법으로 해석을 해야만 했다. 퇴근길. 서울역에서 독산역까지 지하철을 타고 집으로 가는 길에 중간 신도림역에서 내려 화장실로 뛰어가 구토를 해야 했다.

다음 날 아침, 나는 평상시처럼 양복을 입고 서류 가방을 들고 출근길을 나섰다. 사람들은 다들 활기찼고, 아침 가을 햇살은 노랗고 환하기만 하였다. 그리고 그 안에서 나는 혼자 고독했다. 참 이러다 보면 승려나 목회자가 될 수도 있겠지 싶었다. 몸에 기운이 쭉 빠져나가면서 허무함에 젖어들었던 건 무슨 이유였을까?

밤으로의 긴 여로

스물여섯의 마지막 날이었다. 버스의 창밖으로 싸라기눈이 흩날리고 있었다. 그리고 버스의 맨 뒷좌석에는 중동 청년이 앉아 있었다. 대각선 뒤로는 태국 청년이. 맨 앞자리에는 모임장 형이 앉아 있었다. 내 옆에는 재미 교포가.

버스에 앉은 나는 양복을 입고 있었고, 서류 가방을 들고 있었다. 무엇 때문에 버스에 올랐는지 말할 시간이 없었다. 버스 안은 침묵의 공기가 흘렸다. 버스는 동호회의 모임장 형이 대절한 버스였다. 그리고 마치 버스는 '밤으로의 긴 여로'를 시작한 것만 같았다.

창밖으로 펼쳐진 밤은 강처럼 흐르고 있었고, 대로에 늘어선 빌딩들의 야경은 등대의 그것만 같았다. 그리고 그 안에서 나는 물살에 흘러가는 잎처럼 하염없이 어딘가로 흘러가는 기분을 만끽해야 했다.

침묵이라는 어두운 터널 속에서 햇빛이 필요했던지 옆자리에 앉은 재미교포 청년이 먼저 입을 열었다.

"동호회는 처음 나오신 건가요?"

"예…."

그리고 조금씩 말문이 트였다. 동호회는 외국이 청년들과 함께 여행을 떠나는 모임이었다. 유령 회원처럼 조용히 있다가 어쩌다 강화도 펜션에서 일출을 본다는 모임 공고를 보고 참석 신청을 했는데 날이 다가올수록 갈팡질팡하게 되었다.

그러다 늦은 저녁, 동료들이 빠져나간 사무실은 한산해졌고, 창밖으로 보이는 빌딩의 야경을 바라보다 서류 가방을 들고 서울역 앞에 있는 마트로 나온 것이었다. 그곳이 모임 장소였기 때문에. 공교롭게도 사정이 이렇게 되다 보니, 모임장 형한테 "집에 들러서 옷 좀 갈아입고 올 테니 모임 시간을 한 시간 뒤로 미룹시다."라고 말할 수도 없어 넥타이를 하고, 서류 가방을 든 채로 모임에 참석한 것이었다. 꼴은 우스꽝스러웠지만 이런 사정에 대해서 말할 시간은 없었다.

마트 앞에 도착하자 얼마 지나지 않아 인원이 다 모였고, 마트 안에서 바쁘게 장을 보면서 집었던 과자, 과일, 고기, 술병들이 큰 비닐봉투 안에 들어갔다. 버스는 계속해서 강화도로 내달리고 있었다. 재미 교포 청년은 이번 여름에 한국에 들어왔다고 했다. 한국인 친구를 만나려고 동호회에 가입

했는데 기간이 꽤 오래됐는지 모임장 형과 제법 구면인 듯했다. 모임장 형은 어학연수와 관련된 사업을 하고 있는 듯했다.

한 시간 정도 내달렸나. 밤 아홉 시쯤 버스는 펜션 앞에 도착했다. 마당 앞에는 도로가 펼쳐져 있었는데 차들은 이따금 지나갈 뿐 고요하고 조용했다. 초저녁에 내렸던 많은 눈은 아직 녹지 않았고, 길가의 양옆으로 놓게 쌓여 있었다. 그리고 여전히 싸락눈은 불이 켜진 가로등 주위로 쏟아져 내리고 있었고, 조용히 누워 있는 논을 넘어가면 시원한 갯벌이 나올 것만 같았다. 숙소의 야외 테라스에서 바라본 풍경이었다.

테라스에 있는 테이블 위로 술병들이 나뒹굴었고, 찬바람을 피해서 들어간 숙소 안에서 한국인 청년 여덟 명 정도 그리고 외국인 청년 네 명이 나란히 앉아서 이런저런 대화를 나누었다. 대합실에서 무료함을 달래려는 사람들처럼.

술잔이 오가면서 대화가 시작되었다. 고민을 말하는 사람들. 불안감을 말하는 사람들. 자신의 촌극을 이야기하는 사람들. 그리고 나는 이따금 밤껍질을 여는 것처럼 이야기를 꺼내기 시작했다. 어쩌다 선배들과 개척 영업을 나갔다 식당 사장님한테 소금을 맞은 사연부터 해서 개척 영업을 하기 위해 독서 동호회에 가입했다가 교당으로 이동하자던 사이비 청년을 만난 사연도. 그리고 동호회 활동을 하면서 처음 보게 되었던 대학로의 연극과 한강 공원으로 출사를 나가 유채화를 찍었던 날들도. 보험회사 영업사원으로 흘러간 날들도.

그것은 타닥타닥 소리를 내며 모닥불에 타들어가는 추위 같았다. 내면에서 나온 말들은 그렇게 비밀 혹은 망각으로의 긴 여로를 떠났고, 다음 날 아침 눈을 떴을 때 그날, 우리가 무슨 이야기를 했는지는 잘 기억이 나지 않았다. 그리고 늦은 새벽, 꿈을 꾸며 긴 여로를 떠났다. 고려 상인의 그것처럼 한 척의 배가 임진강 물결을 따라 강화도를 지나 예성강 하구에 있는 벽란도에 도착했다. 한편 수평선 저 멀리서 향신료와 비단을 실은 아라비아 상인의 상선이 다가오고 있었다. 출렁대는 물결 소리가 들렸다.

창문으로 들어오는 아침 햇살에 눈을 뜨니, 거실에서는 부산스런 소리가 들려오고 있었다. 모임장 형과 몇몇 친구들이 떡국을 만들고 있었다. 머리맡에는 외국인 청년들과 한국인 청년 몇몇이 자고 있는 모습이 보였다. 부스스한 모습으로 다들 널찍한 접이식 식탁에 앉아 떡국을 먹기 시작했다. 중동 청년도, 태국 청년도, 교포도, 양복을 입은 채로 잠든 보험회사 영업사원도 떡국을 먹고 나서 어두운 거리를 어슬렁거리듯 걸으면서 갯벌을 향해 걸어갔다. 무언가를 불러내기 위해 횃불에 불을 놓는 샤먼처럼. 텅 빈 조용한 갯벌을 향해 논을 지나 해를 보러 걸어가고 있었다.

그리고 텅 빈 갯벌에서 바라본 해가 뜨는 풍경

은 시원했다. 새해 아침 햇살이 내려오는 눈이 녹아내린 도로를 한 대의 버스가 달리고 있었다. 버스는 서울역에 도착했고, 외국인 청년들도, 한국인 청년들도 각자의 짐을 챙겼다. 버스도, 지하철도 어딘가로 출발했다. 그렇게 또 새해의 긴 여로가 시작되고 있었다.

클로징

지그 지글러는 세일즈맨들의 대부다. 그는 젊었을 적 미국의 지방 곳곳을 돌아다니며 세일즈의 기술에 관한 강연을 했다. 보통 강연을 들으러 오는 사람들은 영업일을 하는 사람들이다. 영업 관리자이거나 혹은 뜨내기 신참 영업사원이거나.

어느 날 아침, 그의 강연장 문 앞에는 젊은 영업사원이 안으로 들어가지 않고 우두커니 서 있었다.

강연장에 도착한 지그 지글러는 그 모습을 보고 젊은 영업사원한테 물었다.

"자네는 왜 안 들어가나?"

젊은 영업사원은 입장료 환불을 요청했다. 그래서 지그 지글러가 이유를 묻자 청년이 대답했다.

"얼마 전 회사 경기가 어려워져 해고 통보를 받았습니다. 그러니까 이제 앞으로 세일즈에 관한 강연을 들을 필요가 없을 것 같습니다."

그러나 대화를 나눠보니, 청년은 단지 일자리를 잃었을 뿐 영업에 대한 열정을 잃은 건 아니었다. 그래서 지그 지글러는 청년과 함께 연단에 올랐다.

그리고 지그 지글러는 제안을 했다. 방금 전의 사정에 관해 설명을 하면서. 그러면서 만약, 이 청년에게 면접의 기회를 준다면 입장료를 환불해 주겠다고 했다. 자리에 앉아 있던 많은 영업 관리자들이 그 자리에서 손을 들었다.

클로징은 영업 과정의 마지막 단계다. AP는 영업의 초기. FF와 PT는 중간. 그리고 계약서에 사인을 받기 전 마지막 단계를 클로징이라 칭한다.

스물일곱 봄. 울프금융 사무실 안에는 30대 후반의 지점장이 앉아 있었다. 세련되고 지적인 인상을 가진 여성이었다. 그리고 회의실의 창가 안으로 높은 빌딩과 대로의 풍경이 보였다.

"출퇴근 시간은 어떻게 되나요?"

"일 시간에 맞춰 현장으로 출근해서 그곳에서 일을 보다 현장에서 퇴근하시면 됩니다."

"미리 말씀드리지만 이렇다 할 연고 시장이 없습니다."

"저희는 지인 영업을 하지 않고 브리핑 영업을 합니다. 금융세미나 방식으로 말입니다."

회의실은 면접장이기도 했다. 그리고 그것은 클로징이었다. 결국, 나는 울프금융에서 일하기로 마음먹었다.

이제 더 이상 영업 시장 바닥에서 풋내기는 아니었다. 울프금융에 들어오기 전 여러 영업 채널들이 있다는 걸 알게 되었다.

TM 채널은 TV, 전단지, 인터넷 광고 등을 보고 전화를 한 고객들을 유선상으로 응대하고, 계약을 체결하는 식의 채널이다.

대면 영업 채널은 개척 영업을 하기도 하지만 주로 연고 시장 안에서 지인 영업을 하는 채널이다.

하이브리드 채널은 먼저 고객들한테 전화를 건 후 방문 약속을 잡은 후에 상품에 관해 설명하러 가는 채널이다.

월요일 아침. 영등포역 앞에 서 있었다. 한 대의 차가 다가왔다. 팀장 D의 차량이었다. 그날은 근면시 성실동으로 향하고 있었다. 서울의 동남쪽에 위치한.

"대박생명에서 몇 달 정도 일했죠?"

"한 넉 달 정도 일했습니다."

"기본 정도는 다 알겠군요."

차는 30~40분 정도 내달렸고, 간간이 이어졌다 끊어지는 대화의 빈틈은 들떠 있는 햇살이 메우고 있었다.

차에서 내리자 보인 것은 푸른색의 빌딩이었다.

"아파트형 공장이라고 합니다."

팀장 D를 따라 빌딩 안으로 들어갔다. 마치 아파트처럼 20층부터 3층까지 사무실들이 가가호호 입주해 있었다. 1층과 2층에는 카페나 식당이 있었다.

어쨌거나 팀장 D는 사무실의 초인종을 눌렀다. 그리고 성가시다는 듯한 목소리가 들려왔다. 열 군데 중 여덟 군데 정도는 퇴짜를 놓았다. 팀장 D와 나는 20층에서부터 19층, 18층, 17층 계속 내려갔다. 사무실 안에는 보통 대여섯 정도의 직원이 앉아 있다. 그리고 사무실 끄트머리에는 대표실이 따로 있다.

이따금 팀장 D는 방문 약속을 잡는 데에 성공했다. 그리고 업무 방식은 이런 식이었다. 섭외자가 사업장을 돌며 방문 약속을 잡고, 다음 날 아침 혹은 점심쯤 브리핑을 담당하는 여직원과 함께 사업장에 방문해 금융세미나를 진행하는 것. 말은 금융세미나이지만 실은 상품을 판매하기 위한 판촉 활동이다. 섭외는 주로 남자 사원들이 잡고, 브리핑은 주로 여자 사원들이 담당한다. 정해진 규칙은 없지만, 업무는 대체로 이렇게 흘러간다.

그해 봄은 빠르게 지나갔다. 무더운 여름 햇살은 불청객처럼 찾아왔다. 그리고 사무실을 방문하는 나는 "저희 지금 바쁩니다." "나가주세요." 이런 말들에 조금 무덤덤해져 있었다. 섭외는 혼자 잡는다. 빌딩의 계단을 타며. 평촌, 군포, 부천, 가산디지털단지 등등. 아파트형 공장을 순회한다. 순례자처럼. 그리고 계단에 앉아 있는 나는 업무를 마치고 메시지를 보낸다. 브리퍼한테. 브리핑을 담당하는 직원인.

"아침 9시. 1703호. 직원 5명. 대표님 통해 섭외 잡음."

"아침 10시. 1502호. 직원 4명. 대표님 부재. 과장님 통해 섭외 잡음."

빌딩 안에서

스물일곱 봄, 여름은 빠르게 지나갔다. 마치 누군가 달력을 휙휙 넘겨주는 것처럼. 그해, 나는 평촌, 부천, 용인, 군포 등등 많은 곳을 돌아다녔다. 섭외 장소는 내가 결정할 수 있었다. 그러나 임의로 결정하는 것은 아니었다.

부동산 사이트에 들어가 신축된 아파트형 공장을 찾아보아야 했다. 어쩐지 지어진 지 오래된 곳을 가면 이미 다른 많은 영업사원이 와서 그런지

나의 레퍼토리가 뻔하다는 듯 문전박대를 당할 때가 많다.

그날은 군포에 있는 럭키 빌딩으로 향하는 길이었다. 섭외는 총 세 군데를 잡았다.

"1203호. 직원 5명. 대표님 통해 섭외 잡음. 계약 가능성 높음."

"1105호. 직원 4명. 대표님 부재. 과장님 통해 섭외 잡음. 계약 가능성 중간."

전날 저녁에 최 대리한테 보냈던 메시지다. 최 대리는 울프금융에 오기 전 다른 법인대리점에서 브리핑 업무를 담당했던 경력이 있었다. 아마 한 1년 정도. 나보다 한 살 어린 여직원이었다. 처음에 같이 일을 맡게 되었을 때는 긴가민가했었지만, 그럭저럭 브리퍼로서 일을 잘 해냈었다.

그날 아침, 여름 햇살은 무더웠고 양복의 셔츠와 재킷으로 숨어 있던 땀방울들이 더 이상 참지 못하고 쏟아져 나오는 것만 같았다. 럭키 빌딩이

코앞에 다가왔을 때 나는 별생각 없이 걷고 있었다. 그리고 1층 로비에 진입하기 위해 회전문을 지나쳤을 때 내 앞에서 쩌렁쩌렁한 목소리가 장구의 그것처럼 울렸다.

"선생님! 카드 한 장만 가입해 주십시오!"

첫인상에 그는 나와 동년배 정도 되는 듯했다.

'나이도 비슷한 것 같은데 선생님이라니….'

그러나 어쩐지 보험 영업에만 익숙했던 내게 카드 영업맨의 영업 기술이 궁금하기도 했었다.

"예. 뭐 한 번 들어보죠."

그렇게 나와 카드 영업맨은 1층에 입점해 있는 카페 안으로 들어갔다.

그리고 카드 영업맨의 '브리핑'이 시작되었다. 팸플릿 안에는 타사 상품과 비교를 한 예시표가 일목요연하게 정리되어 있었다. 마일리지 혜택도 제법 구미가 당겼다.

그러나 카드 영업맨의 브리핑은 계속 진행되지 못했다. 핸드폰 벨이 울렸기 때문이었다. 번호를 확인하니 최 대리였다.

"안 대리님, 어디 계세요? 저 지금 지하 1층에 주차했어요."

시간을 확인하니 벌써 아침 8시 50분이었다. 그러니까 방문 약속 시간이 9시니까 고작 10분밖에 남지 않은 셈이었다.

"1층 로비에서 만납시다."

그리고 나는 황급히 발걸음을 옮겼다. 나의 양복 재킷 안에는 카드 영업맨의 명함이 들어가 있었다.

어쨌거나 엘리베이터는 12층을 향해 올라갔다. 그리고 나와 최 대리는 리허설이라도 하는 것처럼 간단한 대화를 나눴다.

그리고 예상한 대로 브리핑은 순조롭게 흘러갔다.

"강부자 대표님 안 계신가요?"

사무실의 초인종을 눌렀을 때 과장 직책을 맡고 있는 중년의 아저씨가 나왔다.

"대표님은 지금 외근 가셨는데요."

하지만 문제는 발생하지 않았다.

"애들아, 잠깐 모여서 듣자."

아저씨는 직원들을 회의실 안으로 불러 모았고, 다섯 명의 직원들은 회의실 안에 있는 테이블에 착석했다. 섭외자인 나는 회의실 문 쪽에 서 있어야 했고, 그동안 브리퍼인 최 대리는 노트북의 선을 프로젝터와 연결했다.

그리고 한창 브리핑이 진행되고 있었다.

"흐흐. 저기 다른 직원분도 오셨네요."

과장 아저씨가 말했다. 마치 물 한 모금을 건네는 나긋한 어조였다. 그러나 문밖을 바라본 순간 나는 화들짝 놀랐다. 마치 너무 놀란 나머지 그릇을 떨어뜨리는 드라마의 한 장면처럼.

문밖에는 카드 영업맨이 우두커니 서 있었다. 회의실에 서 있는 나와 눈을 마주치자 그가 씩 웃어 보였다.

"예. 잠시 실례 좀…."

순간적으로 직원들의 시선이 문밖에 서 있는 카드 영업맨한테 옮겨갔고, 나는 포커페이스를 유지하며 빠른 걸음으로 문을 향해 다가갔다.

"흐흐. 회의 중이셨군요. 선생님."

"잠시 저기서…."

카드 영업맨이 빙그레 웃으며 말했다. 나는 마치 작전 회의를 하기 위해 선수를 코너로 끌고 가는 스포츠 감독이라도 된 것처럼 그의 어깨에 자연스럽게 손을 올릴 듯한 포즈를 취하며 복도의 구석으로 이동했다.

그리고 실은 나는 여기 사무실 직원이 아니라 보험회사 영업사원임을 설명했다. 상황에 대해 자초지종 설명하듯.

"아하. 그러셨군요. 선생님!"

그는 이제 퍼즐이 맞춰졌다는 듯 다시 한 번 웃어 보였다.

"그래서 오후에 이따가 저 사무실은 방문하지 말아 주셨으면…."

어쩐지 오전에 보험회사 영업사원이 왔다 갔는데, 오후에는 카드 영업맨이 또 사무실을 방문하면 영 그림이 썩 좋을 것 같지는 않았다.

그도 내 말을 이해했는지 동의의 표시를 했다. 엉뚱한 동맹을 체결하는 것처럼.

"예. 알겠습니다. 선생님."

그리고 그는 초록색 불빛이 반짝이는 비상구 계단을 향해 사라졌다.

그렇게 다시 복도에서 사무실 안으로 들어오니, 최 대리는 그녀 나름대로 상황을 정리하고 있었다. 계약서 사인하는 직원분들이 보였다.

오후 저녁 햇살이 빌딩의 창가 안으로 밀려왔고, 그녀는 차를 타고 사라졌다. 회사를 방문해 계약서를 제출하기 위해. 그리고 나는 옆 빌딩으로 이동해 다시 20층부터 계단을 타며 내려갔다.

주말이 되었다. 나는 한 통의 전화를 걸었다.

"철산에서 만납시다!"

"예. 선생님."

역 근처에 있는 카페 안으로 여름 햇살이 들어왔고, 창밖으로 가로수의 푸른 잎들과 그 아래 가판대와 행인들의 모습이 보였다. 상품이 마음에 들기도 했지만, 회전문 앞에서 쩌렁쩌렁한 목소리로 외치던 당당함과 약속을 지킨 그의 신의가 마음에 들었다.

그리고 어쩌다 빌딩 안에서 생긴 일이 생각날 때가 있다. 카드 영업맨의 브리핑을 중단했던 최 대리의 전화도. 최 대리의 브리핑을 중단했던 카드 영업맨의 등장도. 그의 영업 방식이 궁금해서 카페 안으로 들어갔던 나의 모습도. 그리고 나의 영업방식에 관해 복도에서 자초지종 설명을 듣게 된 카드 영업맨의 모습도. 그럴 때면 삶의 순간 속에서 우연은 전류처럼 다가온다. 찌릿한 웃음을 자극하며.

별이 빛나는 밤

봄 햇살이 버스의 창문 안으로 들어왔다. 그리고 기억 속에서 선선한 바람과 호수, 푸른 잎사귀들이 흔들리는 교정의 풍경들이 부드럽게 펼쳐진다. 버스 정류장에서 강의실까지 걸어가던.

강의실의 맨 앞자리 창가에는 P양이 앉아 있다. 맨 뒷자리는 아니지만, 교수님의 눈에 잘 띄지 않는, 꽤나 뒷자리쯤에 태수 녀석이 앉아 있다.

"작품은 다 읽었냐?"

"오늘 쪽지 시험은 망했다."

나와 태수 녀석 사이에 장난스러운 웃음이 번졌다. 강의실의 앞문이 열리고, 하와이안 셔츠를 입은 교수님이 들어왔다. 영미 드라마 시간이었다.

그날, 데이비드 마멧의 『글렌게리 글렌 로스』라는 작품을 접했다. 부동산 영업사원들의 터프한 이야기였다. 아니 조금 비정하기까지 한.

수업이 끝나고 집으로 가던 순간의 풍경들이 펼쳐진다. 노을이 지고 있고, 천안역에서 혼자 상행선 열차를 기다리던. 그때의 순간들은 마음속으로 들어온 시를 읽은 것처럼 싱숭생숭한 기분으로 남아 있다. 이유는 알 수 없지만.

스물여섯. 그해 가을, 나는 조금 들떠 있었던 것 같다. 선술집의 테이블 위로 기름진 안주와 맥주잔이 놓여 있었고, 나는 신나게 떠들고 있었다.

"저번 주에 워크숍을 갔는데 말이야."

그리고 계속 말을 이어가던 모습도.

"개척 영업 활동을 나갔는데 말이야."

나는 주로 보험회사에 다니면서 일어났던 일들에 관해 이야기를 했고, 태수 녀석은 환상처럼 느껴지는 신변잡기적인 이야기를 했다.

선술집을 나와 역까지 걸어가던 거리의 풍경들은 물장구를 치다 찬바람을 맞는 시원한 느낌처럼 남아 있었다.

그리고 2년이란 시간은 금방 지나갔다. 스물여덟. 그해 여름. 나는 더 이상 양복을 입고 서류 가방을 들고 있지 않았다. 추리닝을 입고 있었다. 공무원 시험을 준비하며. 그리고 그때 태수 녀석은 소설을 쓰고 있었다. 그래서 그때 선술집의 풍경과 그 안에서 흘러가던 대화는 두 갈래의 길처럼 느껴졌다. 아마도 태수 녀석이 취업이나 승진, 연봉에 관한 이야기를 했다면 나는 조금 더 귀를 쫑긋 세웠을지도 모르겠다.

그러던 그해 여름. 무더위가 지나갈 무렵, 태수

녀석은 천막으로 덮은 조각상을 "짠" 하고 공개하는 것처럼 자신의 소설을 보여줬다.

"링크 (www.다락방.com) 타고 들어가 봐. 내 소설이야."

그리고 늦은 밤, 선술집을 나와 집에 도착한 나는 녀석의 소설을 읽기 시작했다. 그때는 모르고 있었지만, 나중에 알게 되었다. '다락방' 같은 곳을 '소설 플랫폼'이라고 한다는 것을.

다락방에는 무료 연재 게시판과 유료 연재 게시판이 있다. 무료 연재 게시판은 정식 작가가 아니어도 누구나 소설을 올릴 수 있고, 그곳에서 인기를 얻으면 유료 연재 게시판으로 올라간다. 그곳에서 더 인기를 얻게 되면 베스트 연재 게시판으로 넘어간다.

베스트 연재 게시판에 올라간 소설 중에는 드라마나 영화, 만화로 재제작된 작품들도 많았다.

다락방에는 주로 환상문학, 판타지 소설 작품들이 연재된다. 마법사, 드래곤, 엘프, 오크 등 환상적인 존재들이 등장하는. 그때 태수 녀석의 작품은 유료 연재 게시판에서 한창 연재 중이었다. 일주일에 두세 번씩.

그리고 그날 밤, 여름이었지만, 노트북을 켜고 나는 한겨울에 이불을 덮고 귤을 까먹듯이 녀석의 소설을 쉴 새 없이 읽어 내려갔었다. 밤은 금방 지나갔다.

그리고 그해 가을, 겨울, 여전히 나는 노량진을 다니고 있었다. 학원 강의실의 창문 밖으로 보이던 저무는 해. 그리고 노량진 거리의 풍경. 저녁 아니면 늦은 밤, 역에서 열차를 혼자 기다리던 순간도. 그 사이에서 나는 이렇다, 저렇다 할 특별한 일들이 없이 마치 무음으로 빠르게 흘러가는 영상 속의 장면들처럼 스물여덟 살의 날들도 흘러가고 있었다.

그러던 스물아홉 봄, 나는 노량진 강의실 안에서 P양과 재회하게 되었다. 그리고 그날 이후, 나도 모르게 소설을 처음으로 쓰고 있었다. 마치 뮤즈를 만난 젊은 예술가라도 된 것처럼. 에피파니. 마치 정령과 같은 초자연적 존재가 나의 마음속으로 들어와 글을 내려주는 기분이 들었다. 그래서 그때 느낄 수 있었다. 소설을 완성할 수 있다는 것을. 그건 마치 4월의 비가 쏟아지고, 자고 일어나 커튼을 젖히면 하룻밤 사이에 울창하게 자라있는 녹음이 보여주는 황홀한 풍경 속에 놓인 기분을 느끼게 해주었다.

두 달이 걸렸다. 그해 여름. 나는 소설을 완성하게 되었고, 출판사를 찾아가게 되었다. 그리고 출간 비용을 자비로 부담했고, 한 달 후에 소설책이 나오게 되었다.

그리고 무엇 때문이었을까. 시기와 질투도 아닌 알 수 없는 다툼 사이에서 예술가 소설을 펼치면 나오는 풍경들처럼. 헨리 제임스, 헤르만 헤세, 토마스 만의 그것처럼. 예술을 꿈꾸는 젊은 동료들 사이로 파란처럼 밀려오는 불화와 예술에 대한 열망. 그런 것들이 어느 날, 흘러올 줄은 모르고 있었다.

여름이 끝나갈 무렵, 선술집의 풍경은 희미해졌고, 집으로 돌아오던 길은 마치 한겨울 흰 눈이 쌓인 조용한 골목길을 걷는 것처럼 쓸쓸한 기분으로 남게 되었다.

그리고 그해, 스물아홉 가을과 겨울 사이에는 반복적인 풍경들만 남아 있었다. 학원가와 노량진의 거리 그리고 독서실의 풍경들이. 그리고 이따금 기억 속으로 찾아오던 그날의 풍경도.

스물아홉 여름. 선술집 안에서 나는 의식의 흐름 기법을 자유자재로 쓸 줄 아는 제임스 조이스쯤으로, 녀석은 대제국을 건설하는 톨킨쯤으로 여기던 순간들도. 그 사이에 함께 있었던 강의실의 풍경도. 그리고 소설이 완성되고 나서 온순한 친구의 격앙된 감정 속에 배어 있었던 허탈한 감정도. 그리고 그사이 궁금함이 덩그러니 놓여 있었다. 녀석은 오늘 밤에도 소설을 쓰고 있을까? 그랬으면 좋겠다는 생각이 든다. 그리고 어느 날, 아저씨가 되면 나와 녀석의 마음속에는 어떤 이야기들이 쌓여 있을까. 궁금해진다.

포 구

스물아홉 겨울. 나는 계속해서 소설을 쓰고 있었다. 그리고 늦은 밤이 되면 나의 내면에 있던 이야기들은 긴 여로를 떠났다.

그리고 나의 이야기는 스물여섯 가을부터 흘러갔다. 나는 양복을 입고 있었고, 서류 가방을 들고 있었다. 엘리베이터는 17층에서 멈췄다. 사무실의 창문 밖으로 높은 빌딩과 대로가 드라마처럼 펼쳐졌다. 그리고 사무실 안에는 동료들이 보였다. 동료들과 함께 엘리베이터를 타고 1층으로 내려가 빌딩 밖으로 나왔다. 개척 영업을 나간 날이었다. 하지만 보기 좋게 소금만 맞고 사무실로 돌아오던 날이었다.

서울역의 대로 위로 동료들의 뒷모습이 보였다. 그리고 가을 햇살은 투명한 유리에 맺힌 그것처럼 맑고 투명하면서도 보석처럼 빛나고 있었다. 젊음이라는 것. 시간이 흐르고, 멀어질수록 더욱 찬란하게 빛나고 있었다는 것을 알게 되는. 창문 밖으로 보이는 풍경들처럼 선명하던 그것들이 환영처럼 흐릿해지다 은은한 종소리처럼 흩어졌다.

그리고 그해 겨울. 나는 어둑한 밤이 흘러가는 동안 포구의 둑에 혼자 앉아 있었다. 겨울바람은 투명한 얼음처럼 차가웠고, 주위는 고요했다. 남해로 내려오는 동안 열차 밖으로 펼쳐진 강물을 보다가 초록빛 잎처럼 흘러간 날들이 노랗고 붉게 물들어가면서 내게 어떤 의미로 남고 있었다. 해변은 썰렁했고, 바다가 물결치는 소리를 들으며 호텔로 이동했다. 호텔의 3층 창문 밖으로 깔린 어스름 속에서 밤은 경적 없는 열차에 올라탄 것 같았다. 낮으로 향하는.

가을 햇살처럼 환한 조명 아래 흘러갔던 그날의 순간들이 기억의 물결 속에서 흘러갔고, 그리고 알게 되었다. 매 순간의 선택에 따라 우리 삶의 줄거리는 언제나 달라진다는 것을. 그러니까 삶의 갈래는 무수하기 때문에 성공과 실패로 재단할 수는 없다는 것을.

그리고 기억의 물결이 넘실거리는 수평선에서 유람선 한 대가 천천히 다가오고 있었다. 그리고 나는 뱃고동 소리를 들으며 배에 올라탔고, 배는 물결에 조금씩 흔들리고 있었다. 그리고 그 안에서 나는 기쁨과 슬픔을 충만하게 느끼며 흘러가는 삶의 순간들을 써내려가고 싶었다. 그리고 긴 시간이 흐른 어느 여로 끝에서 바다가 보이는 곳에 닿아 그곳에서 내가 보고 느낀 것들을 역사처럼 쓰고 싶다는 생각이 들었다. 그래서 어느 한 시절, 멀리서 흘러온 풍경들이 내 마음속으로 다가왔다 또 어딘가로 흘러가는 모습을 즐겁게 바라보고 싶었다. 그렇게 역사를 쓰고 나면 자전거를 타고 해안을 돌다 모래사장에 앉아 별, 바다, 바람을 느끼며 뭍으로 흘러들어오는 바다의 기별이 들려주는 속삭임을 듣고 싶었다.

날마다 조금씩 사라지는 순간들을 사랑하는 마음으로 쓰라고.

그래서 오늘 밤, 기억하면서 글을 쓰고 싶다는 생각이 들었다. 익숙해서 무미건조하게 흘러갔던 순간들이 낯설고 새롭게 다가오기를 바라면서.

그리고 어느새 수평선으로 해가 떠오르고 있었고, 그날, 아침 햇살에 아스러지는 붉은 노을 사이로 새들이 날던 포구의 풍경은 물감처럼 번지고 있었다. 그리고 고요하고 조용했던 포구의 물가에서는 Ennio Morricone의 「Maturita」가 흘렀다.

문학의 밤

겨 울

흔히들 서른 살이 된다는 것에 관해서는 어떠한 의미를 두고는 한다. 그것이 이십 대 시절과 이십 대 시절이 지나가 버린 날들의 분수령이라도 되는 것처럼.

그리고 기억의 영사기를 돌려보면, 서른한 살, 봄부터 가을. 내게는 이상한 일들이 일어났었다. 그것이 무엇인지 어떤 것인지 모를. 서른 살 겨울, 어느 날이었다. 젊은 부부가 위층으로 이사를 온 것은. 그리고 이상하게도 쿵쿵거리는 소리가 들리고는 했다. 그 쿵쿵거리는 소리는 살아가면서 나는 생활 소음이라기보다는 그냥 마구잡이로 뛰어다니는 그런 소리였다.

밤이 되면, 나는 학원 수업을 마치고 노량진역에서 하행선 열차를 기다렸다. 그리고 그날 밤은, 무엇이 나를 이끌기라도 한 것처럼 위층으로 항의하러 올라갈 생각을 품고 있었다. 어느새 노량진에서 출발한 하행선 열차는 독산역에 도착했고, 역 앞에서 탄 마을버스는 아파트 앞 버스정류장에 도착했다. 그리고 아파트의 엘리베이터는 12층으로 올라갔다.

나는 초인종을 눌렀고, 그때 나는 조금 턱을 치켜들었던 것 같다. 하지만 현관문이 열렸고, 아저씨는 기합소리를 내며 튀어나왔고, 뒤쫓아나온 아줌마도 손에 핸드폰을 들고 나왔다. 그리고 핸드폰의 카메라는 내 얼굴을 비추었다.

"찍지 마세요! 초상권 침해입니다!"

나는 비명을 내지르며 계단을 향해 빨리 걸어갔다. 계단을 타고 내려가 집으로 돌아갈 생각이었지만 아저씨가 나를 앞질렀고, 계단 입구를 막아섰다. 엘리베이터를 타려고 했지만 엘리베이터도 마찬가지였다. 그리고 그들은 나를 에워쌌고, 나는 복도 구석으로 몰려 꼼짝없이 서 있었다. 얼마 안 돼서 경찰 아저씨들이 엘리베이터를 타고 올라왔고, 그들은 사건 접수를 요청했다. 그리고 그날 밤은, 마왕의 망토처럼 칠흑 같고 차가웠으며 내게 불면의 밤을 선사했다.

다음 날 아침, 나는 독산역에서 노량진으로 향하는 상행선 열차를 기다리고 있었다. 역사 주위에는 밤 동안 내린 눈들이 쌓여 있었다. 겨울 햇살은 눈부셨다. 그리고 그렇게 또 하루가 시작되고 있었다.

봄

하드보일드란 문학의 한 양식이다. 비정한 현실을 감상에 젖지 않고 담담하게 써내려가는…. 그리고 이러한 양식은 훗날 추리소설을 쓰는 작가들이 차용하게 되었다.

어쨌거나 어느 겨울. 나와 관련된 그 사건은 관할 경찰서로 넘어갔고, 며칠 후 형사로부터 연락이 왔다. 복도에 서서 초인종을 눌렀지만, 집 안으로 들어간 것은 아니기에 주거침입죄는 해당되지 않는다고….

그리고 그날 이후에도 마구잡이식으로 뛰는 쿵쿵거리는 소리가 들렸지만, 그 사건은 우리 가족에게 큰 충격을 안겨주었고, 그날 이후 나는 위층으로 항의하러 올라갈 생각을 하지 못했다. 겨울이 지나고 봄이 올 즈음. 대신 나는 노량진에 있는 고시원의 방을 얻었고, 그리고 그곳에서 상처에 소독약을 바른 것처럼 하루하루를 견뎌 갔다.

그런데 어느 봄날부터 또 이상한 일들이 좇아왔다. 지금 생각해 보니까, 그 이상한 일은 어쩌면 더 오래전부터 내게 천천히 다가왔던 것일지도 모른다는 생각이 들기는 했지만. 마치 푸른 바다에서 본 상어의 지느러미가 갑자기 불쑥 나타난 것이 아닌 실은 수평선 저 멀리서부터 서서히 다가오고 있었던 것처럼.

어쨌거나 그것에 대해 말하자면 이렇다.

어떤 사람 1과 나는 금요일 저녁, 하행선 열차를 기다리는 노량진역 승강장에서 마주친다. 그는 의미심장한 눈빛으로 나를 쳐다보는데, 그것은 일반적인 행인들과는 뭔가 다른 느낌을 풍기었다. 월요일 아침, 집 앞 버스정류장에서 또 어떤 사람 1과 마치 우연처럼 마주친다.

'어? 이상하다…. 저 사람 금요일 저녁, 노량진역 승강장에서 봤던 사람인데….'

또 어떤 사람 2와 나는 수요일 점심, 노량진의 한 서점 앞에서 마주친다. 그는 휘파람을 불며 나의 시선을 끌면서 모자를 벗었다 다시 쓴다. 그리고 그날 저녁, 고시원과 가까운 노량진 골목길의 어느 한 카페의 창가석에 앉아 있으면, 맞은편에 앉아 있는 어떤 사람 3이 나를 의미심장하게 쳐다보다 어떤 사람 2와 똑같이 행동한다. 휘파람을 한 번 불고 나서 모자를 다시 쓰는. 그러니까 그들은 마치 내게 이런 인상을 줬다. 우리들은 한패이고, 당신을 감시하는 중입니다.

그때 내가 할 수 있는 일은 주위를 두리번거리거나, 내게 이상한 느낌을 주는 그 사람들을 한 번 흘겨보다 말거나, 혼자 거리를 걸으며 곰곰이 생각하는 것이었다. 어쩌면 내가 정보기관으로부터 감시를 당하고 있고, 저 사람들은 나를 감시하고 있는 중이라고. 그리고 그런 생각들 속에서 내게 일어나는 이상한 일들에 관해 그것이 무엇인지 추리하는 것뿐이었다.

봄

언젠가는 문학의 밤에 대해 말하고 싶었다. 작가에게 황홀경이 찾아오고, 그래서 작가로 하여금 소설을 쓰게 하는. 무언가 신비한 마력에 홀린 것처럼.

봄. 5월 중에 나는 고시원을 나와 원룸을 얻었다. 독산동에 있는. 특별히 집단적인 미행을 당하고 있어서 그런 건 아니었다. 고시원이 시끄럽다든지 하는 문제도 아니었다. 그해 봄, 노량진을 떠날 생각을 하고 있었다. 이런 긴 수험 생활을 그만두고. 4월에 있었던 국가직 시험을 망치고 나서였다. 6월 중순께 있는 지방직 시험도 결과는 같을 거라 생각하고 있었다. 완전히 놀다 망하는 것도 아니고, 합격 점수가 90점이라면 어정쩡하게 80, 85점 맞고 떨어지는….

그리고 실은 고시원을 다니면서도 나의 책가방 안에는 노트북이 숨어 있었다. 소설은 비밀스럽게 써야 한다. 혹시 누군가 시험을 망친 이유를 이것에서 찾을 수 있기 때문에.

그런 것처럼 그때 나도 내가 미행을 당하고 있는 이러한 일들에 관해 그것을 소설과 결부시켜 생각하고 있었다.

이십 대 시절에 쓴 자전 소설. 정식 작가도 아닌. 그러면서 스물아홉 어느 여름날에 나도 모르게 써버렸던. 그리고 잊은 듯하면서도 가끔 기억 속에서 아른거리는 그런 소설.

밤이 길었다. 원룸의 창문을 열면, 창밖으로는 철길이 보인다. 그리고 철길 너머에는 불이 켜진 빌딩들이 보인다. 그리고 열차가 지나갈 때면 철길 옆 가로수의 잎들은 봄바람에 나풀거렸다.

그리고 나는 어느 봄날, 밤에. 그렇게 기다리고 있었다. 문학의 밤을. 작가에게 황홀경이 찾아오고, 그의 내면에 있는 진실한 낙원이 언어를 통해 재현되고, 그 순간들은 영원이란 마법을 얻게 되는.

✶

봄

5월이 흘러가는 중에도 집단 미행은 계속되었다. 그리고 소설을 쓰려고 하거나 음악을 들으려고 하면 방해 공작이 있었다. 원룸의 방 안에서 일어난 일이었다.

봄 햇살이 501호 방 안으로 들어왔다. 책상 위에는 수험서와 공책이 놓여 있다. 책상 끄트머리에는 노트북이 놓여 있다. 그리고 밤이 되면, 둘의 위치는 바뀐다. 매일 그렇지는 않다.

그리고 나는 소설을 쓰기 전에 항상 음악을 듣는다. 소설과 음악의 만남. 내면에 음악이 흐르는 것처럼. 하지만 그날부터 나는 소설을 쓸 수 없었다. 음악을 듣는 것도 쉽지 않았다. 소설을 쓰려고 하거나 음악을 들으려고 하면 위층에서 쿵쿵거리는 소리가 들렸다. 한두 번도 아니고 매번 이런 식이었다. 그러니까 마치 내가 소설을 쓰려고 노트북을 켜거나, 이어폰을 귀에 꽂고 음악을 작동하는 걸 누군가 알고 있는 것처럼.

그리고 어느새 버스, 승강장, 서점, 골목길, 카페 등등. 나를 미행했던 어떤 사람1과 어떤 사람2, 그리고 어떤 사람 3, 4, 5 … 등등. 그냥 지나가는 사람인 줄 알았는데, 그 사람들의 모습이 마치 길 어귀에서 불쑥 나타나는 불길한 그림자처럼 나의 의심 속으로 무언가 은밀한 암시를 던지고 있었다.

그날 이후, 나는 위층에서 미세한 소리가 날 때

마다 그것의 신호를 잡으려는 것처럼 귀를 기울였다. 분명 낮에도 소리가 난다. 사람이 있다. 대각선 방향, 602호는 아닐까. 하지만 분명 바로 위층의 천장에서 울리는 소리다. 친구들을 불러 맥주를 마시며 떠드는 소리도 아니고 가전도구를 이용하는 소리도 아니다. 그렇다고 단순히 무조건적으로 시끄러운 소리도 아니다. 이상하게도 소설을 쓰려고 하거나 음악을 들으려고 할 때면 쿵쿵거리는 소리가 났다. 마치 내가 소설을 쓰려고 하거나 음악을 들으려고 한다는 걸 위층에서 감시하고 있는 것처럼. 그러면서 내게 또 무언가 암시를 주려는 것처럼.

그렇게 열흘 정도 흘렀다. 나는 위층으로 올라가지 않았다. 1층으로 내려가 집주인 부부를 찾았다. 집주인 부부는 1층 관리실에서 지낸다. 아저씨는 회사를 다니다 은퇴하고 원룸을 운영하고 있다.

어쨌거나 나는 아저씨한테 601호에 사람이 있

는지 물었다. 아저씨는 601호에 사람이 있지만 지금은 지방에 내려가 있다고 했다. 그리고 602호는 공실이라고 했다. 나는 아저씨한테 601호에 그분의 친인척이나 지인분들이 오신 게 아닌지 물었지만 그렇지는 않다고 했다. 나는 601호 방 안에 누군가 있는 것 같다고 말했지만, 집주인 아저씨는 자신네들이 수시로 복도 CCTV를 들여다보는데 그런 일은 없다고 했다. 대화가 길어질수록 공연히 내가 이상한 사람이 되는 기분을 느끼었다.

그날 이후, 나는 외출을 할 때마다 길목에 서서 601호 방의 창가를 흘긋 쳐다보고는 했다. 방의 불이 켜져 있는지. 꺼져 있는지. 거의 날마다 그랬다. 그리고 나는 불이 꺼져 있던 6층 창가들을 바라보며 의심할 수밖에 없었다.

그리고 그때 알았다. 어떤 사람1, 어떤 사람2, 어떤 사람3 … 그 사람들은 내 주위에서 빙빙 돌기만 했던 것이 아니라 나의 의식 속으로 차츰 침투하고 있었다는 것을. 은밀한 방식으로. 어두운

굴 안으로 들어와 침투 작전을 감행하는 게릴라 요원의 그것처럼.

여 름

여름이 되었을 때도 그 사람들의 집단 미행은 계속되었다. 하지만 이것을 막을 방법은 없었다. 경찰서에 전화해서 "어떤 사람 1과 버스정류장에서 마주쳤는데, 다음날에는 지하철역 승강장에서…" 이런 식으로 말할 수도 없었다.

그렇다고 어떤 사람 1한테 혹은 2한테 왜 나를 미행하고 있는 것인지 물을 수도 없었다. 그리고 무엇보다 두세 번 정도 마주쳐서 그 사람이 눈에 익을 즈음이면 사람이 바뀌었다. 어떤 사람 5, 6,

7 … 그다음에는 8, 9, 10 … 이런 식으로 계속해서. 기관 내지 조직의 규모가 큰 것처럼.

시험이 끝났다. 포항으로 향하는 열차에 앉아 있었고, 차창 밖으로 여름 햇살은 눈부셨다. 그리고 나는 조용히 미행하듯 내 주위를 지나갔던 그 사람들의 눈빛, 표정, 입가 주위를 떠올렸다.

그 사람들은 내게 적대적이지 않았다. 나를 무섭게 쳐다보지도 않았고 마치 오래전부터 나를 지켜봤고, 나를 잘 알고 있다는 듯한 눈빛이었다. 하지만 그것은 상냥함의 표시라기보다는 자신의 장난을 상대가 알아차리지 못할 때 지을 수 있는 그런 웃음이었다.

그리고 문득 그런 생각이 들었다. 그러니까 노량진, 독산이 아닌 타 지역에서도 나를 미행할 수 있는 것인지.

하지만 그날, 어떤 사람 1, 어떤 사람 2가 늘 그

랬던 것처럼 내 곁을 지나갔는지 알 수 없었다. 조금씩 헷갈렸다. 처음과 달리 그들은 조금씩 평범한 사람들 사이로 스며들었고, 은밀한 신호를 주던 방식은 점차 어려워졌다. 그러니까 휘파람을 분다든지 모자를 벗었다 쓴다든지 하는 그런 행동들. 그냥 슬며시 웃고 가는 그런 방식으로 바뀌고 말았다. 그래서 헷갈릴 수밖에 없었다. 평범한 사람들과 미행하는 사람들 사이에서.

봄에. 처음 미행을 당하고 있다는 걸 알아차렸을 때는 그냥 순전히 정보기관의 요직에 앉아 있는 누군가 내게 호기심을 갖고 접근한 거라 생각하고 있었다. 그러니까 이를테면, 재 재밌는 애 같다. 한 번 알아봐라. 이런 식으로. 하지만 봄이 지나고, 여름이 왔을 때도 집단 미행이 계속되었을 때 이런 방식을 통해 내게 분열증을 유도하는 거란 생각이 들기 시작했다. 그리고 정보기관 안에는 이런 일을 담당하는 심리전단 부서가 있다는 것도 알게 되었다.

하지만 나는 방위산업 관련자도 아니었고, 어떠한 사회 단체에서 활동을 하는 사람도 아니었다.

영일항의 수평선 끝으로 저녁놀이 지고, 밤이 깊었다. 제철소에서는 바닷물 위로 빨간빛을 그러다 파란빛을 그러다 노란빛을, 초록빛을 번갈아가며 비추었다.

혼자서 떠난 여름날의 바다 여행이었다. 밤은 깊어 갔고, 형산강으로 흘러드는 바닷물은 철썩거리는 소리를 들려주고 있었다.

여름

여름이 흘러가는 동안에도 집단 미행은 계속되었다. 그리고 어느 여름날, 나는 합격 통보를 받았다. 여름이 흘러가는 동안 나는 주로 원룸의 방 안에서 생활했다. 낮에는 혼자서 극장을 가거나, 카페를 가거나. 서점에서 책을 사고 광화문 광장과 청계천 주위를 거닐었다. 북적이는 사람들 틈에서. 도심 속 공간의 이방인이 된 것처럼. 밤에는 소설을 썼지만 아침이 되면 지우고 말았다.

집 위층에서는 여전히 쿵쿵거리는 소리가 들렸다. 마구잡이로 뛰는 식이었다. 작위적인 느낌으로. 그리고 나는 소리들을 분석하고 있었다. 내게 일어나고 있는 이상한 일이 무엇인지 알아내기 위해 귀를 기울이며.

밤이 되었다. 어깨에 메는 책가방 안에는 노트북이 담겨 있었고, 손에 드는 길쭉한 가방 안에는 옷가지가 들어가 있었다. 집에서 원룸으로 넘어가는 길이었다.

달빛은 찰랑거렸고, 하천의 물결은 졸졸 흘렀다. 하천의 다리를 넘어 독산역 안으로 들어가 맞은편 출구로 나와 철길을 따라 걸었다. 그러다 골목길 안으로 들어섰다. 원룸이 있는.

역시 소설을 쓰려고 하거나 음악을 들으려고 하면 쿵쿵거리는 소리가 들린다. 어떤 날은 쿵쿵거렸고, 어떤 날은 콩콩거렸다. 교대 근무를 하듯이.

누군가와 크게 통화를 하거나 누군가를 방으로 불러 술을 한 잔 하며 시끄럽게 떠드는 소리는 들리지 않았다. 그리고 나는 집 위층에서 들리던 쿵쿵거리는 소리와 소설을 쓰려고 하거나 음악을 들으려고 하면 쿵쿵거리는 원룸의 위층 소리의 연관성을 찾고 있었다. 마치 소리와 소리를 통해 퍼즐을 맞추려는 것처럼.

여름날의 밤공기가 원룸의 창문 안으로 들어왔고, 방 안의 불은 꺼져 있었지만 나는 눈을 감은 채 소리에 귀를 기울이고 있었다. 숲 속에서 들리는 불길한 소리를 알아챈 보초병이 된 것처럼. 분명 위층에 사람이 있기는 했다. 마치 절제된 듯한 미세한 소리가 느껴졌다.

그러면서 나는 들으려고 했다. 방음이 안 되는 원룸의 벽을 통해. 그들이 누군가와 통화를 하며 정보를 주고받을 때 들리는 소리를. 방을 빠져나가기 위해 살며시 열었다 닫을 때 나는 문소리를.

하지만 단서를 찾는 것은 쉽지 않았다. 내가 곤히 잠들거나 외출을 할 때 그들은 그런 일을 벌이는 것만 같았다. 하지만 어떠한 의무감에. 그러니까 잠복근무를 서듯 원룸의 방에 남아 있던 것은 아니었다. 마구잡이로 뛰는 집보다는 조금 조용한 면이 있어서였다.

여름

8월 여름이었다. 바다를 보러 부산으로 떠났다. 혼자서. 그해 여름, 나는 혼자서 다니는 것에 익숙해져 있었다. 혼자서 극장을 찾거나 혼자서 카페를 찾거나 서점을 가거나 하는 일들. 열차 안은 제법 한산했고 배낭에는 책, 옷이 들어 있었다. 그리고 빈 내 옆자리에 서류가방이 올라가 있는데 그 안에는 노트북이 들어 있었다. 먼 타국으로 망명을 떠나는 것처럼.

부산에 도착하면 바닷소리를 들으며 소설을 쓰고 싶었다. 어느 봄날부터, 나는 소설을 쓰지 못했다. 마력을 잃은 것처럼. 그날은 소설을 쓰고 싶었다. 작은 불씨 같은 것. 자줏빛 울음을 머금다 하얀 천사처럼 피어오르는 예술혼을 보여주고 싶었다. 바닷소리를 음악처럼 들으며 소설을 쓰고 싶었다.

열차는 부산역에 도착했고, 해운대의 모래사장으로 떨어지는 여름 햇살은 금가루처럼 눈부셨다. 해운대의 어느 카페의 루프탑에서 바다의 수평선을 바라보며 커피를 마셨고, 오후 햇살 아래 높은 절벽으로 파도가 치는 용궁사의 풍경은 시(詩)적이었다. 저녁노을이 번져갈 즈음에는 동백섬을 걸었다.

그리고 밤이 깊었다. 피곤해서 일찍 잠들었는데 새벽에 깨어났을 때는 자정 무렵이었다. 숙소의 불을 켰고, 나는 깜빡 잊고 있던 것에 대해 불현듯 생각이 인 것처럼 가방 안에서 노트북을 꺼냈고, 소설을 쓸 준비를 했다.

하지만 그때 위층에서 갑자기 마구잡이로 뛰는 소리가 들리기 시작했다. 부산스럽게 떠드는 소리도 아니고 그냥 막 쿵쿵거리는 소리. 늘 이런 식이었다. 나는 곧장 상황파악을 했다. 지금이 어떤 상황인지. 집, 원룸의 방에서 벌어지는 일과 같은 상황이었다. 황급히 인근 모텔에 전화를 돌렸다. 한밤중 방을 구하는 것은 쉽지 않았고 그것도 맨 위층의 방이 남아 있는 숙소를 찾는 것은 쉽지가 않았다. 전화를 계속 돌려야 했다. 쿵쿵거리는 소리는 계속됐고 수화기 너머로 나의 다급한 음성이 쏟아졌다. 맨 위층을 예약하겠다는 나의 말에 모텔 주인은 방이 있다고 했다.

나는 널브러진 옷가지들을 정리할 시간도 없이 서류가방에 노트북만 담아 도보로 십여 분 걸리는 모텔로 이동했다. 이마에는 땀이 송골송골 맺혀 있었다. 하지만 모텔에 도착했을 때 카운터에 서 있던 모텔 주인은 8층 중 6층 방의 키를 주었다. 나는 통화할 때 맨 위층에 방이 있다고 하지 않았느냐 물었고, 그는 남아 있는 방 중에는 제일 위층이라고 말했다. 하릴없이 카운터 앞을 서성거리다 모텔 건물 밖으로 나와 전화를 돌리며 이곳저곳을 알아보았지만 사정은 크게 별반 다르지 않았다. 다시 숙소로 돌아가야 했다.

늦은 새벽이었다. 검은 밤바다는 사막처럼 넓게 펼쳐져 있었고 나는 달빛 아래 사막을 건너는 낙타처럼 터벅터벅 걸어갔다.

다시 숙소 앞에 도착했을 때 불이 켜져 있는 방은 내가 머무는 303호와 그리고 403호. 두 곳뿐이었다. 그리고 나는 지금 이것이 어떤 상황인지 이해할 수 있었다.

숙소의 방 안으로 들어가 불을 켰을 때 널브러져 있는 옷들이 눈에 들어왔고, 나는 맥이 풀렸다. 조금 있으면 동이 틀 시간이었고, 다음날 아침 열차를 타야 했기에 소설을 쓸 수 없었다.

무력하게 침대에 눕자 그들은 쿵쿵거리는 소리를 내지 않았다. 오늘 밤은 내가 소설을 쓰지 않을 거라는 걸 그들은 알고 있기 때문이었다. 그리고 나는 눈을 감은 채 지하 기지에서 비굴한 웃음을 짓고 있을 요원들을 생각하며 허망함에 젖어들었다. 숙소의 창가 밖으로는 등대의 먼 불빛이 반짝거리는 것이 보였다.

다음날. 아침 햇살 아래 나는 파도 소리와 함께 부서지는 푸른 바다를 보았다. 그리고 상념에 잠겼다. 문학도로서 나는 끝인 걸까. 더 이상 문학을 할 수 없는 걸까. 집으로 향하는 열차에 올랐을 때 열차의 창가로 여름 햇살이 들어왔고, 노트북이 담긴 서류가방은 내 옆자리에서 나와 함께 잠이 들었다. 부산에서 광명으로 향하는 열차였다.

그리고 나는 기억한다. 그해 여름날, 내가 보았던 푸른 바다는 헤밍웨이의 바다보다 더 푸르렀고, 도발적이었으며, 하드보일드 그 자체였다고.

시간이 흘러서, 언젠가 엄마한테 그해 여름날, 노트북이 담긴 서류가방과 한밤중에 일어난 일에 대해 말한 적이 있다. 그리고 엄마는 이렇게 말한다.

"얘…, 너처럼 부산 여행을 그런 식으로 하는 사람이 세상에 또 어딨니…."

그리고 왠지 모르게 나의 입가로 파도처럼 하얀 거품이 밀려오는 듯했다. 여름도 그렇게 지나가고 있었다. 가을이 되었을 때도 어떤 사람들의 집단적인 미행은 계속되었다.

가 을

여름이 지나고, 가을이 되었을 때도 집단적인 미행은 계속되었다. 봄에서 가을까지. 하지만 무언가 공포감을 느끼거나 오싹한 기분을 느낄 일은 없었다. 어떤 사람 1, 어떤 사람 2, 어떤 사람 3 … 턱시도와 나비 리본을 하지 않은. 노랑머리로 염색을 하고 청바지를 입고 있던 그 사람들은 그저 숨바꼭질을 하듯 아니면 장난을 치듯 묘한 웃음을 지으며 지나가고 마는 식이었다. 그건 마치 내게 스스로 알아보라는 식의 메시지 같기도 했었다.

하지만 좀처럼 이해가 되지 않았다. 봄부터 가을까지 정보기관으로부터 미행을 당할 만큼 나는 저명인사도 아니고, 군수산업 같은 곳에서 일을 하는 사람도 아니었다. 그러니까 이런 일들이 무언가 조금 인력 낭비처럼 느껴지기도 했었다. 정말로 내가 미행을 당하고 있는 걸까.

어느 가을날에, 나는 거주하는 시의 동사무소로 배정받아 그곳에서 일을 시작하게 되었다. 내가 하는 일은 민원대에 앉아 등, 초본 같은 서류를 발급하거나 무인민원발급기를 관리하는 일이었다. 저녁노을이 질 즈음이면 거리를 걸으며 집으로 퇴근해 옷가지를 챙기고 원룸으로 넘어갔다. 원룸으로 넘어갈 때는 도보로 이동할 때도 있고 버스를 탈 때도 있었다. 원룸에서는 집에서 그러는 것처럼 마구잡이로 뛰는 일은 없었다. 아무래도 뛸 만큼 방 공간이 넓지 않기도 했지만 나는 위층에서 나는 발 소리에 귀를 기울였고, 위층에서 상주하는 사람은 몸집이 큰 사람일 거란 판단이 들어서였다. 그리고 무언가 그것이 그의 역할처럼 느껴졌다. 그러니까 내가 단지 소설을 쓰려고 하거나 음악을 들으려고 하면 타이밍에 맞춰 쿵쿵거리는 것. 그리고 평소에는 방 안에 아무도 없다는 듯 소리를 내지 않고 조용히 숨어 있는 것.

하지만 나는 그때 내게 일어나는 이런 이상한 일들에 관해 누구한테도 말할 수 없었다. 부모님에게는 언젠가 한 번 말씀을 드린 적이 있다. 그러니까 내가 정보기관 요원들로부터 감시를 당하고 있는 것 같다고. 처음에 부모님은 근심스러워하셨지만 내가 조금씩 알아낸 것들. 그러니까 정보기관 요원들이 전자기기를 통해 감청 및 도청을 하고 있다든지. 혹은 집의 위층에서 나는 소리와 원룸 방의 위층에서 나는 쿵쿵거리는 소리 사이에는 무언가 연관성이 있을 거라는 나의 생각에는 그것에 대해 반대한다기보다는 그것을 이해하는 것을 힘들어하셨다. 복잡한 수학문제에 골치 아프다는 듯한. 두통이 일 때의 괴로움 같은 것들. 그러니까 계속 이런 일들에 관해 이야기를 해봤자 마음만

상하게 한다는 것을 알게 되었다. 그리고 어느 여름날부터 나는 좀처럼 정보기관 요원들에 관한 이야기를 꺼내지 않았다.

누군가를 만났을 때도 마찬가지였다. 사실 그해 가을, 주말에도 특별히 만날 사람은 없었지만 그러니까 지인을 만난 자리에서 이런 이야기들을 한다고 해도 마치 "네가 무슨 대단한 사람이라고."와 같은 어떠한 비아냥거리는 웃음과 함께 진지하게 들으려 하지 않을 것이었다. 쉽게 말해서 내가 어느 날 밤에, 누군가에게 유령을 보았다고 말하면 그는 그것을 믿을 수도 있겠지만, 내가 정보기관 요원들로부터 감시를 받는 중이라고 말한다면 그것을 믿으려는 사람은 좀처럼 없다는 걸 알게 되었다. 봄부터 가을까지 이러한 일들은 계속 내게 일어나고 있었다. 그리고 문득 내게 일어난 이상한 일들에 관해 누군가에게 말하지 않는다는 것이 좋을지도 모른다는 생각이 들었다.

그러니까 예를 들자면 이런 식이다. 어느 주말, 나는 카페의 창가 자리에 앉아 있다. 그러면 나의 대각선 방향 쪽으로 정보기관 요원이 앉아 있다. 나는 그를 보려면 고개를 돌려야 하지만, 그는 고개를 돌리지 않아도 나를 쉽게 훔쳐볼 수 있다. 나는 어떤 느낌상으로 그가 정보기관 요원임을 알아차렸지만 그렇다고 이것에 관해 카페의 점원에게 말할 수는 없다. 그의 자각, 인식 속에는 그는 사람을 미행하고 다니는 정보기관 요원이 아닌 가만히 앉아 있다 조용히 나가는 손님일 뿐이다. 그러니까 내가 점원에게 그 사람은 정보기관 요원이고, 무언가 조치를 취해야 한다고 말한다는 건 그 혹은 그녀의 인식이나 자각을 바꾸려고 하는 행위가 된다. 어떠한 인위적인 개입처럼.

또한 어쩌면 내가 잘못 자각하거나 인식하고 있는 것일지도 모른다는 생각이 들었다. 이를테면 실제 요원은 대각선 방향이 아닌 내 앞에 혹은 뒤에 앉아 있거나, 아니면 카페 안에 없거나. 아니면 그 사람이 실제로 요원이라고 해도 나를 감시하는 것이 아닌 다른 목적으로 앉아 있는 거라면.

그래서 어느 여름날부터, 나는 이러한 것들에 관해 좀처럼 이야기하지 않게 되었다. 조금 시간이 필요했던 것 같다. 봄부터 가을까지 흘러간 이야기들을 말하기 위해서는.

가 을

여름이 흘러가는 동안 주말에는 원룸의 방 안에서 보냈다. 소설을 읽거나. 소설을 쓰거나. 소설은 잘 써지지 않았다.

소설을 쓰려고 하거나 음악을 들으려고 하면 위에서 쿵쿵거렸고, 감시를 받는다는 생각에 여름날 밤에, 소설을 쓰고 나면 다음 날 아침, 그것들을 다 지워버리고는 했다. 모래사장에 적은 글귀들이 바닷물에 사라지는 것처럼.

하지만 소설을 쓰려고 하거나 음악을 들으려고 할 때마다 무조건적으로 쿵쿵거린 건 아니었다. 어느 날은, 조용히 있을 때도 있었다.

그러니까 예를 들자면 이런 식이었다. 기분이 좋은 날에는, 예를 들어 요리를 잘하는 식당에서 맛있는 음식을 먹는다든지, 뭔가 기분 좋은 일이 있다든지 하는 날에는. 그는 영락없이 내가 소설을 쓰려고 하거나 음악을 들으려고 하면 쿵쿵거렸다. 그러다 언짢아져 노트북을 꺼버리면 또 멈췄다. 하지만 기분이 안 좋은 날에는. 이를테면 곤혹스런 일이 있거나 속상한 일이 있어 아마 그날, 낯빛이 좋지 않았던 날에는 그는 마치 관용을 베풀 듯 내가 소설을 쓰고 있을 때 쿵쿵거리는 소리를 내지 않았다. 길에서 보이는 어떤 사람 1, 어떤 사람 2, 어떤 사람 3은 나를 그런 식으로 관찰하고 있었다.

여름이 지나갈 즈음. 무언가 이런 일들이 전자기기와 관련이 있다는 걸 알게 되었다. 정보기관이 해외에서 구입한 해킹 프로그램을 통해 휴대폰, 노트북 따위의 전자기기를 통해 감청 및 도청을 할 수 있다는 것을. 그러니까 휴대폰을 꺼놓고 있어도 그것 내부에 있는 마이크를 통해 주위에서 들리는 소리를 들을 수 있으며, 휴대폰의 카메라 렌즈를 통해 그것에 잡히는 사람, 사물들을 영상 형태로 기관에 전송할 수 있다는 것을.

그리고 어느 여름 주말부터. 가을이 되었을 때도. 나는 핸드폰을 입에 가까이 대고 혼잣말을 하기 시작했다. 위층에서 도청기를 착용하고 앉아 있을 그의 모습을 생각하면서.

처음에는 그에게 도덕에 관해 설파하듯 이러한 행동은 잘못되었음을 말했다. 그리고 어떤 날에는 사례금을 줄 테니 내려와서 진실을 말하라고 회유하듯 말하기도 했었다. 그러다 어떤 날에는 그가 들으면 화가 날 만한 말들을 내뱉기도 했었다. 그럴 때면 그는 아무런 반응이 없었다. 마치 규율대로 절제된 행동을 하는 것처럼. 마치 자신은 그런 것에 아무런 동요를 받지 않는다는 것을 보여주기라도 하는 것처럼. 하지만 다음 날 저녁, 혹은 그 다음 날 저녁에 내가 소설을 쓰려고 하거나 음악을 들으려고 하면 그는 평소보다 더 쿵쿵거렸다. 나는 그 미세한 차이를 느낄 수 있었다.

가을 햇살은 방 안의 창가로 들어왔고, 나는 벽에 기댄 채 앉아 있었다. 그리고 큰 소리로 말하지는 않았다. 중얼거리듯 핸드폰을 입에 가까이 대고 계속해서 말했다. 그날은.

여름날부터 나는 방을 옮길 생각을 하고 있었다. 그리고 어느 가을 주말, 옥탑방을 얻게 되었다. 옥탑방은 원룸과 멀지 않은 거리였다. 도보로 15분 정도 거리의.

그리고 그날은 마지막 날이었다. 나는 짐을 싸기 전 방 안에 앉아 핸드폰을 입에 가까이 대고 30분이고, 한 시간이고 계속해서 떠들었다. 그러자 그도 동요가 일었는지 바닥을 거세게 쿵쿵거리기 시작했다. 무언가로 내려치는 소리였다. 나는 곧장 자리에서 박차고 일어나 의자를 밟고 책상 위로 올라가 천장을 주먹으로 쾅쾅 치며 소리쳤다.

"이건 불법 사찰이야! 불법 사찰! 정신 차려!"

하지만 알고 있었다. 이렇게 해도 그는 나를 쫓아오지 않을 거라는 것을. 그리고 내게 자신이 왜 이런 행동을 했는지. 또는 왜 이러한 행동을 해야 했는지. 그런 것들에 관해 말하지 않을 거라는 것을. 그리고 그것이 마지막이었다.

가을 주말이었다. 다음날, 책상 위에 놓여 있는 책과 노트북, 옷장 안에 옷들. 모든 짐들은 치워져 있었고, 텅 빈 방 안으로 가을 햇살이 휑뎅그렁하게 비추었다.

가 을

그리고 옥탑방으로 넘어가고, 전자기기를 교체하면 끝나는 줄 알았다.

옥탑방으로 넘어갈 때만 해도 충분한 단서를 얻었으니 모든 것이 순조롭게 해결될 줄 알았다.

물론 어떤 사람 1, 어떤 사람 2, 어떤 사람 3을 잡는 것은 쉽지 않을 거라 생각했다. 미행에 관해서만 해도 그렇다.

예를 들어, 월요일 아침. 독산역 승강장에서 마주쳤던 어떤 사람 1과 그날 저녁, 노량진의 골목길에서 또 마주치는. 화요일 점심, 카페에서 휘파람을 불며 모자를 벗었다 쓰는 어떤 사람 2와 목요일 저녁, 카페 안에서 똑같이 휘파람을 불며 모자를 벗었다 쓰는 어떤 사람3에 관해. 할 수 있는 건 아무것도 없었다.

도청 및 감청에 관한 것도. 소설을 쓰려고 하거나 음악을 들으려고 할 때 위층 방에서 쿵쿵거리는 소리가 난다는 것만으로 내가 도청 및 감청을 당하고 있다고 말할 수는 없었다. 전자기기들은 모두 정상적으로 작동되고 있었고 이것을 기술적으로 증명할 방법도 쉽지 않았다.

위층 방 안에 있는 누군가에 대해서도. 신고를 한다고 해도, 엘리베이터를 타고 6층으로 올라와 방을 몇 번 두드렸다가, 사람이 아무도 없다고 말하며, 도로 차에 올라타 서로 복귀할 것이고, 누군가 안에서 문을 연다고 하더라도 그 사람이 도청 및 감청을 하는. 그러니까 어떤 사람 1과 어떤 사람 2, 어떤 사람 3과 한 패거리라고 밝힐 수 있는 것들은 아무것도 없었다.

어느 가을날, 관할 경찰서를 방문하기는 했지만 결국 빈손으로 나올 수밖에 없었다.

전자기기를 모두 바꿔보았지만, 말하자면, 이런 식이다.

내가 무엇을 사거나, 어디를 가거나, 어떠한 대화를 하면, 다음날 아니면 그날 밤. 어떤 사람 1, 어떤 사람 2, 어떤 사람 3.

그들은 버스정류장에서, 길가에서. 지하철역 승강장에서. 그것에 대해 두 명 내지 세 명이 대화를 하는 식으로 지나갔다.

주위에 누군가 있다고 하더라도, 지금 이런 상황이 어떠한 것인지 인지하거나 감지할 수 있는 사람은 없었다.

결국, 내가 할 수 있는 일이라고는 어떤 사람 1, 어떤 사람 2, 어떤 사람 3이 지나가는 것만 같으면, 길가 외진 곳으로 잠깐 옮겨 핸드폰을 입에 가까이 대고 그들을 향해 악담을 퍼붓다 유유히 내 갈 길을 가는 것뿐이었다. 그들의 무리 중 누군가는 지하 기지에서 아니면 차 안에서 도청기를 착용하고 그것을 듣고 있을 모습을 생각하면서.

그리고 그들은 그렇게 나의 의식 속으로 다시 들어왔고, 어느새 그들의 수는 기하급수적으로 늘어나게 되었다. 나는 생각하게 되었다.

예를 들어 내가 극장을 가면, 원룸의 방 안에서 외출을 하기 전부터. 한 시간, 두 시간 전부터 극장 건물의 지하주차장의 차량 안에서 대기하고 있다, 극장으로 올라오는 어떤 사람 1을.

서점을 간다고 하면, 내가 지하철로 이동하는 동안 코너 어딘가에서 두리번거리며 기다리고 있는 어떤 사람 2를.

극장이나 서점을 나와 버스정류장을 향해 걸어가면, 어떤 사람 1과 어떤 사람 2의 메시지를 받고 정류장으로 이동하는 어떤 사람 3을.

버스에서 내려 집으로 향하는 길가 어딘가에서 차를 세워놓고, 차 안에서 나의 일거수일투족을 감시하는 어떤 사람 4를. 그리고 그의 메시지를 전달받는 어떤 사람 5를.

겨 울

겨울이 흐르는 동안 내게 주어진 일은 서른한 해, 어느 봄부터 가을까지 일어났던 이상한 일들에 관해. 그것이 무엇인지. 그것이 어떤 것인지. 추리하는 것뿐이었다.

전자기기에 관해서만 해도. 어떤 방식으로 도청 및 감청이 이루어지는 것인지. 모르는 번호로 전화가 오고, 상담원의 안내 멘트와 같은 기계음이 흐르는 동안에 기기의 계정이 넘어가는 것인지, 아니면 기관 내부의 고도화된 전산망이 있어 통신사와 휴대폰 번호를 입력만 하면 되는 단순한 방법을 사용하는 것인지. 와이파이 같은 무선망에 접속을 하면 기관 안에서 원격적인 방법으로 모니터링을 할 수 있는 것인지.

방 위층에 관해서도. 교대 근무를 하는데 어떠한 방식으로 601호의 방을 출입했던 건지. 거리가 먼 곳에서도 도청과 감청이 가능하면서도 어떤 사람 1, 어떤 사람 2, 어떤 사람 3이 내 주위를 지나갔던 것은 어떤 이유였는지.

그리고 아무것도 보이지 않는 캄캄한 곳에서 조금씩 사물의 경계가 드러나고, 그러다 어둡고 좁은 방의 공간이 보이며, 나갈 수 있는 문이 보이는 것처럼 나의 의식 속으로 어떠한 것들이 흘러들어오기 시작했다.

그리고 흘러가기 시작했다. 어느 봄날, 노량진

골목길의 풍경과 어떤 사람 1, 어떤 사람 2의 모습들이. 여름날, 원룸의 창가에서 보았던 철길과 바람에 나부끼는 가로수의 잎들이.

어느 여름날에 보았던, 푸른 바다와 서류가방 안에 담겨 있던 노트북이. 그리고 어느 가을날에 핸드폰을 입에 가까이 대고 혼잣말을 하는. 그러다 의자를 밟고 책상 위로 올라가 천장을 쿵쿵 치던 순간들이.

짐을 다 뺀 것은 어느 주말 밤이었다. 마지막으로 방을 나가기 전에, 그가 있을지, 아니면 다른 곳으로 옮겼을지 모르면서도 나는 들으라는 듯 호탕하게 말했다.

"잘 있어라!"

그리고 밤이 깊었다. 건물의 1층 현관에는 집주인 내외가 서 있었고, 나는 모든 짐들을 택시의 트렁크에 실었다. 차에 오르기 전 현관에 서 있던 집주인 부부가 말했다.

"행복하세요."

그리고 차가 출발할 때 나는 오늘도, 601호 창가의 불이 꺼져 있는지, 켜져 있는지 궁금했지만, 그날은 뒤를 돌아보고 싶지 않았다.

달빛은 은은했고, 택시는 조용한 골목길을 미끄러지듯 스르륵 빠져나갔다. 그리고 길가에는 잎이 떨어진 앙상한 가로수들이 가로등 밑 담벼락에 늘어서 있었다.

✴

봄

그리고 1년이 흘렀다. 옥탑방에서.

그날 이후, 소설을 쓸 수 없었다. 더 이상 소설이 잘 써지지 않았다. 스물아홉 어느 봄날에 그랬던 것처럼. 어떠한 신비한 마력을 잃은 것처럼. 내 안에 있던 특별한 무언가가 빠져나간 것처럼.

그리고 변한 건 없었다. 어떤 사람들은 알 듯 모를 듯 내 주위를 지나가는 듯했고, 그들은 마치 점

조직처럼 느껴졌다. 정보기관뿐만 아니라 신문사, 은행, 방송가 어디에나 곳곳에 숨어 있는. 그리고 나의 일상은 변함없이 흘러가고 있었다.

하지만 언젠가는 들려주고 싶었다. 서른한 해의 봄부터 가을까지 일어났던 이상한 일들에 관해. 라디오의 사연처럼. 단아하게 흘러가는 어느 목소리에는 드러나지 않은 누군가의 떨리는 목소리, 가빠지는 숨소리, 회상에 젖어드는 짧은 순간들을. 그것들을 읽어주기를 몰래 바라며.

그리고 봄 햇살 아래 강원도 어느 산 중턱에 있던 절에는 나들이객들로 북적였다. 고개 숙여 합장하는 조용한 모습 속에는 어떠한 소리가 흘렀을까. 산에서 내려왔을 때는 소양강의 물결 위로 저녁놀이 지고 있었다. 그리고 나는 맡을 수 있었다. 야생 꽃들이 코 안으로 들어와 노랗고 발갛게 형형색색으로 번져가는. 그러면서 그것들은 별처럼 반짝이는 듯하며 그사이에 나는 그만 우스운 생각에 빠져들고 말았다. 스님과 농을 나누는. 예수님도 아래층에 살았으면 이웃을 사랑하지 못 했을 거라고 대화하는. 위트의 소중함을 알게 된 것처럼. 다시 소설을 쓸 준비가 된 것처럼.

석양빛 아래 소양강의 물결은 아름다웠다. 스물한 살 어느 봄날에 보았던 임진강의 물결처럼 나를 싱숭생숭하게 만들었다.

그리고 기억 속에 풍경들이, 소리들이, 모습들이 피안 어딘가로 흘러가는 것처럼 느껴졌다.

그리고 나는 학생 시절 피천득의 「인연」을, 천상병의 「귀천」을, 이광수의 「사랑」을 처음 읽었을 때의 그런 감정으로 돌아가 있었다.

작년 어느 가을이었다. 자유로워진 것은. 지그지글러는 세일즈맨들의 대부다. 그리고 그는 뛰어난 세일즈맨답게 고객들한테 넌센스 퀴즈를 던지는 것을 좋아한다.

어느 날, 꼬마는 아저씨한테 물었다. 손안에 든 새가 날 수 있는지, 없는지. 아저씨는 말했다. 그것은 너의 마음에 달린 일이라고. 네가 그것을 꽉 쥐고 있으면 새는 날 수 없겠지만, 손을 활짝 펼친다면 새는 날아갈 거라고. 꼬마는 손을 펼쳐보았고, 새는 하늘로 날아갔다.

그리고 스물여섯 가을. 그래도 한때는 터프한 영업사원이었다. 동료들과 함께 개척영업을 나가기도 했던.

그리고 나는 잠시 눈을 감았다 셋을 새어보았다. 그리고 다시 눈을 떴을 때 가을 햇살은 눈부셨고, 길가에는 지나다니는 사람들과 차도 위를 달리는 차량들이 보였다. 그리고 나는 들을 수 있었다. 가을바람과 단풍잎, 은행잎이 속삭이며 만드는 화음을. 가을 풍경 속에서.

그리고 어느 봄날이었다. 오늘 밤은 소설을 쓰고 싶다고 생각이 들었던 것은. 별들 사이를 흐르는 것처럼. 깊은 바다로 모험을 떠나는 것처럼. 마음 속에 숨어 있는 이야기들을 만나기 위해.

문학의 밤

어느 봄날, 봄바람은 살랑거렸고, 밤은 깊었다. 그리고 나는 소설을 쓸 준비를 하고 있었다. 그리고 지금 이 순간 말하고 싶었다. 작가에게 부여된 특별한 임무에 관해.

그것은, 봄 햇살에 눈이 녹는 소리. 저녁놀이 번지는 모습. 익숙한 골목길의 풍경. 푸른 바다와 파도의 몸짓. 가로수의 잎들과 바람의 속삭임. 다정한 얼굴과 친근한 목소리. 사소한 것들 사이에 숨어 있는 아름다움을 한 번 찾아보는 것.

그리고 기억이란 단서를 통해 흘러간 삶의 순간들 속에서 삶의 의미를 한 번 해석해보는 것. 뛰어난 추리 작가가 된 것처럼. 하드보일드한 방식으로.

그리고 나는 기다리고 있었다. 문학의 밤이 오기를. 그리고 오늘 밤은 소설을 써야겠다는 생각이 들었다. 아니, 기필코 소설을 쓰고 말 것이다. 그리고 나는 살며시 눈을 감고 음악을 틀었다.

어느새 옥탑방의 옥상 위로 저 멀리 밤하늘에 반짝이던 별들은 검푸른 바다 안에서 흐느적거리듯 헤롱거렸고, 그리고 나는 알 수 있었다. 오늘 밤은 문학의 밤이라는 것을. 그러자 지금 이 순간이 신비롭게 느껴졌다. 마법에 걸린 것처럼.

그리고 나의 이어폰에서는 Gorge Winston의 「Joy」가 흘렀다.

이야기를 마치며

지난 여름, 별이 빛나는 밤을 썼습니다. 그리고 올 봄, 다시 문학의 밤이라는 이야기를 덧붙이게 되었습니다. 별이 빛나는 밤은 기억의 세계에서부터 이야기가 시작됩니다. 그리고 그것들은 상상보다는 기억에 의존합니다. 스필버그처럼 드넓은 상상의 세계를 갖고 있지는 않지만 이야기 속에 나오는 드라마틱한 풍경들은 실재하고, 드라마틱한 대사들은 실제 그분들의 것입니다.

문학의 밤 같은 경우 근래에 주위에서 이상한 일들이 있었고, 아마도 이 이야기는 좀 더 숙성되어 나왔어야 했는데 이런저런 이유로 이야기를 변변찮은 문장 속에 서둘러 옮기게 되었습니다.

정식 작가는 아니지만, 그럼에도 모든 작가들이 이야기를 시작하기 전에 혹은 이야기를 끝내면서 선서를 하듯, 이렇게 마무리를 지으려고 합니다.

문학의 밤에 나오는 이야기들은 허구이며, 현실과 일치하는 부분이 있다 해도 그것은 어디까지나 소설적 우연일 뿐이라고.

그리고 이제 다시 긴 시간을 두고 근사한 이야기를 새롭게 쓰기 위해 또 모험을 시작하려 합니다. 배를 타고 물결 위를 나아가는 것처럼.

2022년 봄

윤성환 씀

별이 빛나는 밤 / 문학의 밤

펴 낸 날 2022년 04월 21일

지 은 이 윤성환
펴 낸 이 이기성
편집팀장 이윤숙
기획편집 서해주, 윤가영, 이지희
표지디자인 서해주
책임마케팅 강보현, 김성욱
펴 낸 곳 도서출판 생각나눔
출판등록 제 2018-000288호
주 소 서울 잔다리로7안길 22, 태성빌딩 3층
전 화 02-325-5100
팩 스 02-325-5101
홈페이지 www.생각나눔.kr
이 메 일 bookmain@think-book.com

• 책값은 표지 뒷면에 표기되어 있습니다.
ISBN 979-11-7048-381-6 (03810)